「よっしゃ、命中！」
そして柿はキノコの傘に着弾、ちゅどーん、
と景気のいい爆発音を打ち鳴らして炸裂した。

NAME
アリマ
RACE & JOB
リビングアーマー／剣士
PROFILE
個性的でとがったゲームが大好きな"クソゲーマー"。ただ今、諸事情あって特大ハンデ持ち種族の「リビングアーマー」で超難度VRMMOを縛りプレイ中。
NAME
カノン
RACE & JOB
オートマタ/シューター
PROFILE
やたら元気でノリがいいオートマタの助っ人少女。多彩な爆弾や火力アイテムを使いこなす後衛担当。
NAME
リリア
RACE & JOB
エルフ／戦士
PROFILE
凛としたエルフの美女だが、生真面目でドジな上に、ちょっぴり残念な性格。アリマと出会い、一緒に旅することに。

キノコモンスターの巣窟・
霧の湿原を踏破せよ!!

「……す、凄まじい威力」
蹴りによる回転と【絶】による加速。
二つの力を乗せた特大の剣は大気を切り裂く轟音を
伴い、巨大キノコを真っ二つに斬り伏せた。

クソザコ種族の呪われし鎧《リビングアーマー》で理不尽クソゲーを超絶攻略してみた

2

Beat the Devilishly Difficult Game
with the Weakest Race :
Living Armor!

へか帝
Illustration
夕子

Beat the Devilishly Difficult Game with the Weakest Race : Living Armor! 2

CONTENTS

口絵・本文イラスト／夕子

第一章◆遭遇

地下水道から地上へと出ると、そこは人気《ひとけ》のない入り組んだ裏路地だった。

おそらくは大鐘楼《だいしょうろう》の街の外れ。

周囲は背の高い建物の壁《かべ》で囲まれており、塔《とう》のように高いという鐘楼さえ見越《みこ》せない。

地下水道の入り口は、相当に辺鄙《へんぴ》なところにあったようだ。

まだ他のプレイヤーの姿も見当たらない。

こんな所に用はないので、俺《おれ》はこの迷路《めいろ》のような路地を抜《ぬ》けて大通りを探すことにした。のだが。

迷った。細い路地ばかりで肝心《かんじん》の地図が役に立たん。ダンジョンの時と勝手が違《ちが》う。

どこに何の店が～とかの確認《かくにん》にはいいんだろうが、今はさっぱり使い物にならない。

適当に進んでいればそれらしい場所に出るだろうと踏《ふ》んで気楽にほっつき歩いてみたのだが、事態はちっとも好転しなかった。

思わぬ伏兵《ふくへい》だ。まさかこんなところで苦戦するなんて。

探検と迷子は紙一重。はてさて、どうしたものかな。

意気揚々《いきようよう》と大鐘楼の街にやってきたのに、俺はすっかり途方《とほう》に暮れていた。

その後も迷いに迷うことしばらく。俺は目的もなく街の外側をさまよう鎧《よろい》と化していた。

ほとほと困り果ててしまった俺だが、やがて救いの手を差し伸《の》べる人物が現れた。

「おや。そこにいるのはアリマさんではないですか……？」

そいつは俺の背後から、再会への期待が込《こ》められた声色《こわいろ》で、あたかも親しげに俺に声を掛《か》けた。

聞き覚えのある蜂蜜《はちみつ》のような甘《あま》さを孕《はら》んだ女声。

俺は息を詰《つ》まらせた。

——人違《ひとちが》いでありますように。

俺はそう願いながらゆっくりと後ろを振《ふ》り向いた。

そこには可愛《かわい》らしく後ろ手に大型の機械槌《づち》を持つ修道女の姿が。

「やっぱり！　ウフフッ、ご機嫌《きげん》うるわしゅう♡」

「うわこっち来たぁ！」

悲報、ランディープ現る。

ランディープが喜色満面の笑《え》みで遠間からスタタタッと猛《もう》スピードで歩み寄ってくる。

徒歩ってそんなスピード出るんだ。怖《こわ》いからやめてほしいな。

せめて視界に収めなければエンカウントしなかった事にならないかなという淡《あわ》く愚《おろ》かな期待を抱《いだ》き、視線を逸《そ》らしてみた。

「ウフフッ……アリマさん♡　どうして♡　わたしと目を♡　合わせてくださらないのかしら♡♡」

が、無駄《むだ》。

ランディープは機敏《きびん》なステップですぐさま回り込んでは俺の顔を覗《のぞ》き込み、常に俺の視界の7割強を占拠《せんきょ》してくる。

NPCと判明した今もなお恐《おそ》ろしい女だ……。

街では武器を振るえない。あるいは、振り回してもダメージ判定が出ない。予《あらかじ》めドーリスにそう聞き及《およ》んでいるので、この場で戦闘《せんとう》は発生しない。

よってランディープと殺すか殺されるかの状況《じょうきょう》にはならないわけだが、ドキドキが止まらないのはなぜだろう。

「〝ありがとう〟はまたの機会にするとして……ウフフ、こんな辺境に何のご用なのでしょう」

「あーいや、その、なんだ。少し……道に迷ってだな」

ここまで粘着《ねんちゃく》されてスルーを続けるのも無茶《むちゃ》があるので、しぶしぶ会話をする。

命を狙《ねら》った相手との再会に気負いがないのは、ランディープの中で〝ありがとう〟が他人を害する行為《こうい》にカテゴライズされてないからなんだろう。

並のプレイヤーキラーだと非戦闘地帯で仕留めそこなった獲物《えもの》と再会したらばつが悪いだろうに、その点で彼女《かのじょ》は無敵だ。

「あら、そうでしたか……」

道に迷ったことを明かすのは、言わば弱みを見せるようなもの。

けれどもランディープの反応は至極《しごく》ありふれた、こちらを慮《おもんぱか》るような態度。

彼女はやや頭がおかしいが、その狂気《きょうき》には一貫性《いっかんせい》がある。

ランディープは俺が迷ったと知っても嫌《いや》らしく貶《けな》したり煽《あお》ったりしてこないだろう。

そういう意味ではある種の人格者であり、信頼《しんらい》できる人物でもあった。

プレイヤーキラーにしては、という枕詞《まくらことば》が付くが。

「というと、大鐘楼の街は初めて。わたしが案内をいたしましょう♡」

「……。……頼《たの》む」

ランディープの申し出を迷い迷った挙句、苦虫を噛《か》み潰《つぶ》したような渋《しぶ》い声色で受け取った。

情けない。

なぜ俺は自分を殺しにかかってきたＮＰＣに道案内を頼んでいるんだ。

でも一人でこの迷路のような路地から抜けられるような気もしないし……。

繰《く》り返すがここは非戦闘地帯。ランディープのありがとうのはけ口にされることもないのだ。

ええい、プライドなんぞ捨て置け。俺ははやく大鐘楼の街に行きたいんだ。

少し様子がおかしいだけの好意的なシスターだと思えば、彼女を頼《たよ》るのもやぶさかではない。

「ええ、ええ！　任せてください♡」

俺がランディープの案内に従う旨《むね》を示すと、彼女はにっこりと微笑《ほほえ》んだ。

彼女の甘い声からは、俺へのわかりやすい好意がじゃぶじゃぶと滲《にじ》み出ている。

このわかりやすすぎる好意が俺にはちっともわからん。なぜなら身に覚えがないからだ。

彼女の方からダンジョン攻略《こうりやく》中の俺の所に強引《ごういん》に割《わ》り込んできて、初対面のはずがいつのまにか異様に好かれている。

こんなに得体が知れなくて恐ろしい好意があるだろうか。

しかもなぜか同じ場にいた土偶《どぐう》のシーラには一切《いっさい》興味を示さず、眼中に無い。

理解が及ばないから狂気と呼ぶんだろうが、ランディープの思考は不可解すぎて恐ろしい。

【忘我《ぼうが》】と【最後のよすが】によって性格に何らかのバイアスが掛かっているんだろうが、プロセスがどうだろうとわからんものはわからんし、怖いものは怖い。

俺もまさか好意を向けられて怖気《おじけ》が走るような経験をするなんて思わなかったよ。

件《くだん》のランディープは溶《と》かした腕《うで》をナメクジのように俺に絡《から》み付かせており、こんな裏路地すぐ抜けてしまいましょうと俺の手を引いて先導してくれている。

さきほど片腕《かたうで》が生暖かくてべたべたしたびちょびちょのぬとぬとに包まれる感覚に怖気を感じて体を引こうとしたのだが、それを超《こ》える強い力でランディープは俺を引っ張っていった。

単純な力では彼女に勝てないらしい。なおさらおそろしいね。

その後もランディープは似たような景色ばかりの細い路地を、目印もないのに右へ左へ曲がって迷うことなく突《つ》き進《すす》んでいく。

彼女は俺一人ではどうやっても抜け出せなかった迷宮《めいきゅう》の如き路地を難なく踏破《とうは》していく。

やがて、俺の視界は一気に開けた。

そこは大鐘楼の大通り。

真っ青な空の下で、雑踏《ざっとう》と喧騒《けんそう》の絶えない、人の集まる場所。

【Dead Man's Online】において、あらゆる物と人が集う場所。

天を貫《つらぬ》く白亜《はくあ》の鐘《かね》の塔を中心に、栄華《えいが》極《きわ》まる街が展開する初期拠点《きょてん》。

中世を思わせる石畳《いしだたみ》の通りを挟《はさ》むように連なる、商店街を思わせるさまざまな建物群。

そして、いるわいるわプレイヤーの数々。

歩いているのはぷるぷるのスライムにデーモン、蜘蛛《くも》の下半身をもつ女性などなど、まさに人外の見本市。

ここを歩くプレイヤーを眺《なが》めているだけでもきっと、楽しく時間を潰せる。

俺は上京したての田舎者《いなかもの》の如く興味深げにキョロキョロと人や建物を見回していたのだが、ランディープはお構いなし。

彼女は粘菌《ねんきん》状生物の寄生のように強固に繋《つな》がった俺の手をぐいぐいと引き、やがてとある建物の中へと連れ込んだ。

そこは、金属の匂《にお》いが漂《ただよ》う店だった。

大通りの雰囲気《ふんいき》を惜《お》しむ暇《ひま》も無く、俺の興味が店内の品に移る。

革《かわ》装備や金属鎧を着せられたトルソー。

上蓋《うわぶた》の開いたタルに乱雑に放《ほう》り込まれている、数打ちの片手剣《けん》。

壁には斧《おの》やメイス、レイピアにサーベルなどなど数多《あまた》の武器が掛けられている。

ショーケースの中に丁寧《ていねい》に飾《かざ》られた刀剣類《とうけんるい》は、他の武器よりも露骨《ろこつ》に質が良い。

刀身の輝《かがや》きや、鞘《さや》の装飾《そうしょく》、嵌《は》め込まれた宝石。

特別な武器であることが、ただ見るだけでありありと伝わってくる。

「きっと最初はここが良いと思いまして。こういうの、お好きでしょう？」

「うん」

しまった。

男の子特有の少年心剥《む》き出しで『うん』って言ってしまった。

ランディープのニコニコとした笑顔《えがお》がまぶしい。

第二章 ♦ 武器屋

武器だ。見渡《みわた》す限りの武器がある。

オーソドックスな剣、槍《やり》、メイス。一通りそろってる。

中には竜《りゅう》の首すら斬《き》り落とせそうな巨大《きょだい》な剣や、質量の暴力のような金属塊《きんぞくかい》もある。

すごい。武器の形をした浪漫《ろまん》だ。

どうしよう、目移りしちゃうぞ。


「なあ、あんた」

「ん？」

並べられた武器に見入って夢中で店内を巡《めぐ》っていると、ふと隣《となり》から声を掛けられた。

「様子で分かるよ。あんたも武器マニアだね」

「おう。男の子だからな」

声の主は、長身でスーツに身を包んだ男。

その頭部はセピア色のトルネードになっており、渦巻《うずま》く竜巻《たつまき》の表層に目のような光が浮かんで見えていた。

耳を澄《す》ませば、男からはかすかに風の鳴く音がする。

どうやら俺は見ず知らずの人にもわかるくらい浮《う》かれていたようだ。

でも念願の武器屋だぞ？　はしゃがない方がどうかしている。

「まだ剣以外を振るったことが無くてな。目移りしてる」

エトナに文句を言うわけじゃないが、ずっと失敗作と銘打《めいう》たれた質素な剣だけでやってきた。

やっとの思いでダンジョンを踏破し、ご褒美《ほうび》のようにこの店に来たわけで。

それでこんなかっちょいい武器に囲まれて心が躍《おど》らない訳がないんだよな。

「羨《うらや》ましいぜ。俺はあらかた試《ため》しちまったからな」

「へえ。なら、オススメとかあるのか？」

全部とは、これまた凄《すご》い。

この竜巻男、どうやらかなりのやり込み勢のようだ。

店頭に並んでいるだけでも武器種はかなり多様。ファンタジーでおなじみの物から、名前も知らない不思議な形状のものまで様々。

これらを購入《こうにゅう》し使ったとなると相当だぞ。

多分、ゲーム進行で得られた資金の悉《ことごと》くを武器の購入に注《そそ》ぎ込んだんだ。
色んなものを犠牲《ぎせい》にしたんじゃないか？
そんな先達、滅多《めった》にいるものではない。
どうやら同好の士のようだし、助言をいただければありがたいのだが。
「おいおい、難しいことを聞いてくれるなぁ」
「そこをなんとか」
聞かれた竜巻男は、これまた嬉《うれ》しそうに破顔した。
ぼんやり光る目からしか表情が読み取れないが、存外感情がわかるものだ。
にしても、これは信頼できる反応。
自分の知識を総動員して人に教えるのが楽しいといった感じだ。
そのうえで、知っているからこそ悩《なや》ましく、結論を出すのが難しい。
浅いヤツはここで嬉々《きき》として表面だけの知識を語るところだが、通は違う。
深く広い知識があるからこそ、容易《たやす》く答えを出すのを躊躇《ためら》うのだ。
いわば、海の広さを知る者。
俺にはわかる。コイツはオタクだ。
めちゃくちゃ詳《くわ》しいのに、逆に『いや俺なんて全然』って言えるオタク。

言わば、もっとも信頼できるタイプのオタク。

こいつはそれに違いない。

「ま、そうだな。間違《まちが》いないのは斧だろうぜ。戦いやすさで言えば剣よか上だ」

「ほほう」

斧、斧か。

片手で握《にぎ》れる柄《つか》に、重い刃物《はもの》の頭。それが斧の特徴《とくちょう》だ。

重心が先端《せんたん》に偏《かたよ》る斧は、重さに任せて振り下ろすだけで強力な一撃《いちげき》となる。

通常の剣よりも戦いやすいというのは確かにそうかもしれない。

踏み込みに合わせて腰《こし》をひねってどうのこうのとか無いしな。

力と勢いに任せるだけで、破壊力《はかいりょく》が保証されるわけだし。

それを踏まえると、斧という武器がとても魅力《みりょく》に思えてくる。

店を見渡せば、すぐによさそうな斧が多数見つかった。

木こりが使うような小ぶりな手斧《ておの》から、金属製のバトルアクス、刃《やいば》が左右にある大型の斧などなど。

一つ買うのもアリだな。

「それと、長物も良い」

「長物とは」

「特にハルバードとか戟《げき》とか呼ばれるやつがいい。ほれ、あの辺の」

店にいくつかある竿《さお》状の武器を指さす。

まっすぐ長いポールの先端に、突起《とっき》と斧が合体した刃物が付いている。

「突く薙《な》ぐ払《はら》うなんでもござれだ。リーチが長くて便利だぜ」

「なるほど、リーチは正義……」

間合いの長い武器は、確かに魅力的《みりょくてき》に思える。

ついこないだ密着戦闘したせいでランディープに体を飲《の》み込まれて酷《ひど》い目にあったばかりだ。

遠間から安全に攻撃《こうげき》できる武器に魅力を感じないといえば嘘《うそ》になる。

「だが、取り回しの悪さだけは頂けねぇ。両手使いが基本で大きい盾《たて》は持てない。間合いを詰められたら痛手は覚悟《かくご》しな」

強みだけでなく、武器が抱《かか》える弱点もしっかり説明してくれる。

目立つ強みをそれらしく教えれば初心者を騙《だま》すくらい訳ないだろうに、それをしない。

良心からではなく、武器へ抱く愛ゆえにだろうな。マニアとしての矜持《きょうじ》だ。

やはりコイツは信頼できるタイプのオタクで間違いない。

「それでも勧《すす》めるだけの強さがあるんだな？」

「ああ。強いぞ」

力強い返事。

武器を買う事は決めていたが、竜巻男への相談で心が決まった。

一人だったら散々時間を掛けて迷った挙句、おかしな武器を選んで後悔《こうかい》していたかもしれない。

頼れる先達からありがたいお言葉を頂戴《ちょうだい》できて良かった。

「助かった。参考になったよ」

「良いってことよ。……妙《みょう》な種族だったから、あんたと少し話してみたかったんだ」

「妙って……そんなにか？」

別にただのリビングアーマーじゃないか。

いや、掲示板《けいじばん》の住民や土偶のシーラの反応からしてイロモノ枠《わく》なのはそうなんだが。

でも不可思議呼ばわりされるほど奇妙《きみょう》な種族ではなくないか？

イマイチ釈然《しゃくぜん》としてない様子の俺に対し、竜巻男はその希少性を言い含《ふく》めるように言葉を続けた。

「【スライムキャリア】なんて妙ちきりんな種族、初めてみたぜ」

「は？」

――なんて？

「俺はリビングアーマーだぞ」

「なに？　いやだが表示は【スライムキャリア】になってる」

反論するも、竜巻男は違うと言う。

メニューを起動し、ステータス確認。

燦然《さんぜん》と輝く、種族：スライムキャリアの文字。

……。

慌《あわ》てて辺りを見回す。

い、いない。

細胞《さいぼう》レベルで俺と手を繋いでいたランディープがいない。

い、いつからだ？　いつからランディープは姿を消した？

いやそんなことより、先に確かめなくてはならないことがある。

嫌な予感。【スライムキャリア】という種族の、言葉の意味。

……恐る恐る自身の頭、兜《かぶと》の部分を上へと持ち上げる。

「エへ♡」

「ウワーッッッ！！」

知らないうちに、体内にランディープがいた。

俺、恐怖《きょうふ》の絶叫《ぜっきょう》。

「うお。中身シスターだったのか。かわいい見た目してるじゃないか」

事情を知らない竜巻男だけが、呑気《のんき》に驚《おどろ》いていた。

第三章 ◆ ショッピング

「ウフフ……ショッピングの邪魔《じゃま》にならないようにと思いまして♡」

「心臓に悪いからやめてくれ」

俺の体内、鎧の内部からじゅるじゅると流れ出てきたランディープに事情を問いただしたところ、彼女なりの気遣《きづか》いだったらしい。

とてつもなく恐ろしい体験をしてしまった。

知らないうちに体内に他の誰《だれ》かがいる。二度としたくない経験だ。

身体操作の優先権はこの場合どっちにいくんだ？　今回はランディープが無抵抗《むていこう》だったから俺が自在に動かせたが……。

まあ、検証は後で良い。ランディープには許可なくこんな真似《まね》をしないようしっかり言い含めておかねば。

隣で見ていた竜巻男もこれには多少なりとも驚いた様子。

まさか後天的に種族が書き換《か》わるケースがあるなんてな。

「【忘我】キャラとはこりゃまた珍《めずら》しい。どういう関係だ？」

「ありがとうの会って知ってるか」

「あっ。……ご愁傷《しゅうしょう》さま」

竜巻男は俺がギルド名を告げるだけでおおよその事情を汲《く》み取ってくれた。

話がはやい。ありがとうの会のネームバリューはすごいらしい。

あんな狂人《きょうじん》ＰＫ集団、否が応《おう》でも知れ渡《わた》るか。ダンジョンを攻略してれば誰しもその被《ひ》害《がい》に遭《あ》うんだろうし。

「しかしそうか。あの連中に忘我キャラが感化されるとこうなるのか……」

「お祓《はら》いとかできないだろうか」

「すまん。無理だ」

ですよね。言ってみただけ。

こうして竜巻男と話している今もランディープは俺にべっちょりしなだれかかっている。

こんなの傍《はた》から見たら完全にスライムに寄生された鎧なんだよな。

試しに引っ剥《ぱ》がそうとしたが、タールのように力強く粘着しており不可能だった。

「くっ、この！」

「無駄ですわ♡」

「ハァハァ、ダメか……」

十数秒に亘《わた》る格闘《かくとう》の末、ランディープのお祓い（物理）を断念。

へばりついたランディープを剥《は》がそうと躍起《やっき》になる俺の様子は、さぞ滑稽《こっけい》だったろう。

竜巻男は俺のそんな哀愁漂《あいしゅうただよ》う姿を、痛ましげに眺めていた。

よせ。そんな目で見るな。

「だが、ここを紹介《しょうかい》したのは彼女なんだろう？」

「それはそうなんだが」

「武具屋は数あれど、ここは当たりの店だ。悪いことばかりじゃあないんじゃないか」

竜巻男の言い分も一理ある。

ランディープの紹介が無ければ俺はこの店に自力で辿《たど》り着くことはなかったかもしれない。

それに彼《かれ》の言葉では大鐘楼にも武具店が複数あって、質の良《よ》し悪《あ》しがある様子。

一発で優良店に巡り合えたのは間違いなくランディープのお陰《かげ》だ。

くそ、それを思うと邪険《じゃけん》にしにくい。

「仕方ない。またダンジョンで浸食《しんしょく》されたら追い返せばいいだけの話だしな」

「アリマさんったら、それほどまでに私のありがとうを心待ちにしていらっしゃるんですね……♡」

「そうは言ってない！」

「もう♡　アリマさんがそこまでおっしゃるのでしたら……♡」

「何も言ってないって！」

反論しながらランディープの引き剥がしを再び試みる。

しかし彼女と俺は半ば融合《ゆうごう》してしまっておりもはや何をしてもダメ。

服についたガムを剥がすのとは訳が違う。台所の油汚《よご》れの百倍はしつこいぞこの半スライム。

塩とか掛けたら溶けてくれないかな。

「……とりあえず、買い物を済ませてきたらどうだ？」

「ハァ……ハァ……。そうさせてもらおう」

竜巻男の提案に乗り、作業は中断。

そもそも考えなおせばランディープが俺と融合したところで、不都合はないのだ。

強《し》いて言えば、溶けたシスターが混ざってるヤバい人と思われるだけ。

風評被害が甚《はなは》だしいが、剥がせないものはどうしようもない。

しばしスライムキャリアとして過ごそう。そのうち飽《あ》きてどっか行くだろう、たぶん。

ずっとくっ付いてきたら、俺がダンジョンに潜《もぐ》った時に浸食してありがとうができないしな。

そのうち剥がれるだろう。

というわけで竜巻男オススメの斧とハルバードを購入してきた。

斧は戦闘用に作られたシンプルな鋼のバトルアクス。攻撃力《こうげきりょく》は50。

薪割《まきわ》りに使うようなやつのが安かったが、ここはケチる所じゃない。

ハルバードも基本的な形状のものにした。こちらの攻撃力は80。

派生系の大型だったり変形したのも欲《ほ》しかったが、ここは我慢《がまん》。

基礎的《きそてき》な扱《あつか》い方《かた》も知らない初心者が背伸《せの》びしても碌《ろく》な事にならないのは目に見えてる。

それからもう一つ、実はずっと欲しかった装備も買ってきた。

そう、盾だ。

ゲーム開始直後、初期装備として持っていたにも拘《かか》わらず即《そく》レシーに蹴《け》り飛ばされたアレだ。

いかんせん剣と違って補充《ほじゅう》が利《き》かなかったため、あれ以来ご無沙汰《ぶさた》だった。

だが、絶対にあったほうがいい。液状化して俺をかき抱《いだ》いているランディープとの戦闘でも思ったことだ。

あんなギャリギャリ回転しているドリルのハンマーを足で蹴って弾《はじ》き返すなんて正気じ

やない。

ああいう回避《かいひ》できない状況というのは、どこかで必ず訪《おとず》れるものだ。

いちいちライフポイントたる鎧を賭《か》けて蹴るなんてやってられんからな。

ただ貯金はしたいので安物をチョイス。木板に薄《うす》い鉄板を貼《は》り合わせたものを選んだ。

小ぶりで軽量、意外と悪くないんじゃないか？

斧、ハルバード、盾。

3つ合わせた代金は、50000ギル。

内訳は斧が16000でハルバードが28000で盾が6000だ。

これで俺の残りの所持金は50000。

もう少し奮発すればより高いグレードの武器にも手が届いたが……まあ、いきなりここで全財産を投じることもないだろう。

ゆくゆくはこの鎧ボディも全身を買い替《か》えることになるだろうし、貯金は大事。

ところで、装備品の価格相場が判明したことでわかったことがある。

ドーリスが最初に持ち掛けた交渉《こうしょう》だ。

あいつは30000ギルで鎧と剣を買ってきてやると言っていたが、本当に買えたのか？

格安で購入できる秘蔵のルートを持っているのか、単に安価な粗悪品《そあくひん》を俺に押《お》し付ける気だったのか。

気になったので他の装備も物色して値段を見てみた。

粗悪《そあく》な剣、８０００ギル。

あちこち欠損し歪《ゆが》んだ中古品の金属鎧、１２０００ギル。

一応買えそうだったが……ひどい。

この装備で地下水道を攻略していた未来もあったのだろうか。

と思ったが、もしかしてエトナの失敗作の剣で攻略したのとあまり変わらないな？

よし、考えるのはよそう。

一応、今後の指標になるかと堅牢《けんろう》な全身鎧の価格を見てきた。

その値段、５０００００。

思わず渋い顔をしてしまった。

買い替えは当分先の話になりそうだ。ダンジョンとかNPCのクエストで手に入らないかな。それか、全身ではなくパーツだけ購入するのもあり。

見た目の一体感が損《そこ》なわれてシルエットがダサくなるデメリットもあるが……。

まあこれは今考えることでもあるまい。現状の防御力《ぼうぎょりょく》でもなんとかはなっているしな。

「参考になった。助かったよ」

新品の武器を購入し、満足感たっぷりで竜巻男に礼を告げる。

素直《すなお》にありがとうと言えないのは俺にご満悦《まんえつ》の表情で乗っかっている溶解《ようかい》シスタースライムのせい。

俺の中でありがとうの意味が変わろうとしている。酷いミーム汚染《おせん》だ。

「おう。武器の事ならなんでも聞いてくれ。だいたいこの店にいる」

「ありがたい。また世話になる」

人のつながりがあったけえ。今まで接してきたのが胡散臭《うさんくさ》いドーリスとお嬢様《じょうさま》のシーラだったから、こういう普通《ふつう》に優《やさ》しい人の存在がとてもありがたく感じる。

あいつらやっぱり癖《くせ》が強いよ。味が濃《こ》すぎ。

「代わりと言っちゃなんだが、【至瞳器《しどうき》】の情報があったら教えてくれないか？」

「なんだそれは」

「何やらスゲー武器らしい。まあ、まだ噂《うわさ》程度しかわかっていないんだけどな」

「おう。覚えとく」

至瞳器。初めて聞く言葉だな。

当分は縁《えん》がないだろうが、いつか俺もこの手で振るう日が来るのだろうか。

再び鎧の内部に流《なが》れ込もうとするランディープに抵抗《ていこう》しながら、そんなことを思った。

第四章 ◆ 街巡り

その後、竜巻男とは連絡先《れんらくさき》を交換《こうかん》してから武具屋を後にした。

フレンド機能のようなものがあり、メッセージのやりとりが容易になるお馴染《なじ》みのやつだ。

現在の登録者は二名。片方が竜巻男で、もう一人はドーリスだ。

彼はプレイヤーネームを『極悪《ごくあく》なピラフ』といった。

オンラインゲームで名前を食べ物の名前にする人は多いが、だいたい『きなこ』とか『りんご』のようなデザート系が主流。

ピラフというがっつりお腹《なか》に溜《た》まる主食をチョイスするヤツはレアだ。

しかも頭に物騒《ぶっそう》な形容詞が付いている。印象に残る名前だった。

ちなみに彼の種族は『エレメンタル』。

頭が竜巻なのは、あいつが風を司《つかさど》る精霊《せいれい》だからしい。

ピラフ関係ねえじゃん。

ところで極悪なピラフは店売りの武器をあらかた試したといっていたが、改めて考えるとてつもない話だ。

なにせ、かかる費用が膨大《ぼうだい》。

どれほど良い金策を知っていようとも、一朝一夕《いっちょういっせき》で稼《かせ》げる金額ではあるまい。

俺《おれ》は極悪なピラフを発売数日からこのゲームをやり込《こ》んでいる上級プレイヤーなのではないかと予想している。

案外有名プレイヤーで、ドーリスに聞いたら何者かわかるかもしれないな。

武器を購入後も俺はランディープに腕を引かれていた。

大鐘楼《だいしょうろう》にある穴場の良い店をいくつか紹介してもらえるようだ。

しばらく歩き辿り着いたのは、ポーション屋だった。

丸底フラスコを象《かたど》った看板には『ほどほどエーテル』という店名が記されている。

そのままランディープに腕を引かれて店内に入ってみると、中はフラスコや試験管がずらりと並ぶ王道にして魅惑《みわく》のファンタジーショップだった。

「ウフフ、ここは良い店ですよ」

「……そうなのか」

ランディープに促《うなが》されるまま、陳列《ちんれつ》されたポーションを物色してみる。

品揃《しなぞろ》えはスタンダードな回復薬や一時的なパワーアップ効果のある特殊《とくしゅ》ポーション、魔《ま》力《りょく》回復の薬などなど。

解毒薬《げどくやく》や状態異常をケアする薬品なども見受けられた。

まあ全身無機物の俺には縁がないものの、品を眺めるのは楽しい。

「む。これは」

そう思って冷やかし気分でいたのだが、探せば俺にも有用そうなポーションが。

浮遊《ふゆう》のポーションだったり、帯電ポーションなど、興味を惹《ひ》かれる品が見つかった。

探してみると回復以外にもポーションにバリエーションがある。

本来の想定は武器防具へのエンチャントなんだろうが、俺だとより恩恵《おんけい》が強い。

きっちり大鐘楼からゲームを始めて地下水道の攻略に望む場合は、ここでアイテム類を用意すればソロ攻略も不可能ではなさそうだな。

俺もこの先攻略に行き詰《づま》ったら、やがてこうした薬品の力を借りる日もくるだろう。

その後も購入にこそ踏《ふ》み切らなかったが、こんなのがあるんだなぁと興味津々《きょうみしんしん》で店内を巡った。

一角には瓶詰《びんづめ》の薬草なども売られているほか、野菜らしきものが吊《つ》るされている区画があった。

あちらは素材専門の区画だろうか。まるで漢方屋のような威容《いよう》だ。

俺が何時間でも武器屋で過ごせるように、こういうのが好きな人はいくらでもこの店で時間を潰《つぶ》せるんだろうな。

素材区画ではとんがり帽子《ぼうし》を被《かぶ》ったステレオタイプな魔女《まじょ》や、式服を纏《まと》った紳士《しんし》が難しい顔をして品を眺めている。

彼らはきっと生産職だろう。

ポーション職人か、錬金術師《れんきんじゅつし》か、大方そのあたりではないか。

現物ではなく素材を手にして自力で何かを生み出そうという層だ。

俺はそちらの道を選ばなかったが、それがやりたいが為《ため》にこのゲームを買うプレイヤーも多いと聞く。

向こうも向こうで奥《おく》が深そうだ。

なんて思いながら眺めていると、ふと魔女が真っ青な瓜《うり》を叩《たた》いて音を確かめだした。

品にも良し悪しがあるらしい。中身がスカスカの外れを掴《つか》まされないように警戒《けいかい》しているのか？

あれだな、まるでスーパーの主婦。

しかし得も言われぬ生活感を覚える。不思議なリアリティというか。

プレイヤーのはずなんだが、今のを見ると、この世界の住人感を強く感じてしまうな。

俺は攻略一辺倒《こうりゃくいっぺんとう》だが、〝暮らすこと〟に注力したスローライフ的な楽しみ方もできると聞いている。

お金をためて家を購入したり、畑を耕したり。

そういった遊び方をしているプレイヤーも間違いなくいるだろうな。

さて、ポーションメ屋もそこそこに、次に案内されたのは広い酒場。

こちらはポーション屋と打って変わって賑《にぎ》やかで楽し気な場所。

「ここでは飲食だけでなく、クエストの管理ができるのですよ」

「重要な施設《しせつ》じゃないか」

うっかりスルーしたら大変だ。

というか今さらなんだが、ランディープの街案内が手厚くないか？

なんでこんなに親切なんだ。めちゃくちゃ良い子じゃないか。

なんだかもう、ちょっと頭がおかしいくらいなら全然許せる気がしてきたぞ。

ここまでよくしてもらうと、流石《さすが》に彼女《かのじょ》を邪険にするのが憚《はばか》られてくるぞ。

ダンジョンでありがとうを連呼しながら殺しに掛《か》かってくるくらい全然構わないのでは？

いや、言い過ぎた。流石に困る。様子がおかしくて怖《こわ》いし。

だが事実として、ランディープは俺にありがとうをしにくる以外の部分で親切だ。

彼女との付き合い方を良い方に改めなくてはいけないだろうな。

もちろん〝ありがとう〟をしにきた場合は丁重《ていちょう》にお帰り頂くが。

まあそれはさておき、酒場の一角には大きなボードが掲《かか》げられている。

数多のプレイヤーが張り紙を物色しているのが見て取れた。全員が人間ならまだしも、一人残らず魑魅魍魎《ちみもうりょう》なので絵面が凄い。

ひょっとしたらなんだが、生産職は人型が多く、戦闘《せんとう》職は怪物《かいぶつ》が多いみたいな統計とかあるかもしれん。

ランディープに促され、とりあえず離《はな》れのクエストカウンターで説明を聞いて登録を済ませてきた。

ちなみにカウンターにいたのはプリティーな受付嬢《うけつけじょう》ではなく、ゴブリンの老爺《ろうや》。

可愛《かわい》くはないけど仕事できそう感がすごい。

ここでは、モンスターの素材を集めて報酬《ほうしゅう》に資金を貰《もら》ったり、逆に自分がクエストを発注して依頼《いらい》ができるらしい。

もっともオーソドックスな金策手段がこのクエスト受注だと思われる。

ドーリスに地図や情報を売るのはそう何度もできる行為《こうい》ではないので、いずれ俺も資金欲しさにクエストを受けなくてはならないだろう。

鎧《よろい》を新調したくなったタイミングとかな。

あとは、パーティーメンバーの募集《ぼしゅう》をここで行う者も多いそうだ。

クエストが受注できるというのもあって、募集もしやすいのだろう。

酒場の利用者がプレイヤーしかいないのもそれに拍車《はくしゃ》を掛けている。

やはり重要施設。

ランディープに教えてもらえて良かった。

感謝の気持ちを胸にランディープの元へ戻《もど》ると、彼女は俺の腕《うで》を引いて酒場の奥へと連れ込んだ。

「この酒場はサロンに繋《つな》がっているのです」

「お、おい、なんだそれは」

一応聞いてみるも、ランディープは聞く耳もたずにぐいぐいと俺を引きずっていく。

そのまま連れ去られていくと、酒場の奥に魔《ま》法陣《ほうじん》で封鎖《ふうさ》された通路があった。

酒場の店主（厳《いか》めしいデーモンがコップを磨《みが》いていた）にランディープが軽く会釈《えしゃく》を寄《よ》越《こ》す。

すると、店主の一瞥《いちべつ》で魔法陣がアンロックされた。

俺たちを奇妙な目で遠巻きに眺《なが》めていた周りのプレイヤー達が、ぎょっと目を剥《む》いたのが見えた。

なんかすごいことをしてしまったのかもしれん。

でも俺に主導権がないからどうしようもないんだ。

そのままランディープに通路の奥まで誘拐《ゆうかい》されていく。

やがて辿り着いたのは、酒場と打って変わって薄暗《うすぐら》いランプの明かりしかないアングラな雰囲気《ふんいき》のパブ。

「【忘我《ぼうが》サロン】へようこそ」

ランディープが俺に微笑《ほほえ》む。

なあ、ランディープ。俺なんかすごい所に来ちゃってないか？

第五章 ◆ 忘我サロン

魔法陣で封鎖されていた酒場の奥、案内されたのはカウンター席のみのごく狭《せま》いパブ。席は既《すで》にいくつか埋《う》まっており、席に着いている布のフードを纏った人型たちはこちらを見向きもせずに俯《うつむ》いていた。

ここからでは文字まで読めないが、全員〝忘我〟状態であることを示す日蝕《にっしょく》のような輝《かがや》きのネームが頭上にあった。

ランディープはここを『忘我サロン』と呼んでいた。名前だけではどういう施設なのかさっぱりわからん。

忘我というキーワードがあるからには、破棄《はき》されたプレイヤーキャラたちが動き出す『忘我システム』と関わりがあるんだろうが……。

そもそも忘我自体謎《なぞ》だらけ。『最後のよすが』を取り戻すために動き出したのか、あるいはそれがあるから動いていられるのか。

ドーリスの口ぶりじゃまだ発見例もごくわずかのようだし、未知ばっかりだ。

「ランディープが客を連れてきたのか」

カウンターの向こうから男の声。奥で大きな影《かげ》が動き、ゆっくりとこちらにやってくる。

ランプに照らされたその姿は、巨大《きょだい》な奇面《きめん》であった。

装着者のいない極彩色《ごくさいしき》に彩《いろど》られた異邦《いほう》の仮面。それが顎《あご》を動かして口を利いていた。

「ウフフ、『まだ覚えている』リビングアーマーですよ」

「らしいな。……座《すわ》れ。ここの説明をしてやる」

薄暗い酒場で大人程《ほど》もある全長の仮面が動く姿は、不気味で威容がある。

忘我キャラ特有の白黒のネームは、この仮面の名を『カガリ』と示していた。

俺は若干及《じゃっかんおよ》び腰《ごし》で、促されるままカウンター席に腰を下ろした。

「ここではサロナーを用心棒として雇《やと》える」

「用心棒。そういうのもあるのか」

「受け取れ。会員証だ」

念力のような力で投《な》げ渡されたのは、なんら変哲《へんてつ》のないペンダント。

大地から突《つ》き出す人間の手のひらを象った意匠《いしょう》をしている。ちょっと悪趣味《あくしゅみ》かもな。

これを所持していれば、来るときにあった魔法陣を通過できるのだろう。

どうやらこのパブの中に入った時点で入会したものと見なされるようだ。

この仮面は見た目こそおっかないが、普通に店主として接してくれるようだ。

人は見た目で判断してはいけないとはよく言ったものだが、慣れる気がしない。

しかし一体どこに連れ込まれたのかと思いきや、用心棒とはこれまたありがたそうな施設。

「価格はお前が自分で交渉しろ。仲介《ちゅうかい》手数料はいただくがな」

仮面の言葉にうなずきながら、この施設のメリットを考える。

酒場でパーティーメンバーを募集するよりも金がかさむ分、強力な助っ人《すけと》を呼べるのやも。

本来なら誰も同行してくれないような不人気エリアなんかも、金さえ積めば協力してくれるわけだしな。

ただ契約《けいやく》にかかる料金が交渉というのが少し怖い。相場がさっぱりわからん。

「次に、他の死徒との同行は認めない」

「契約できるのは一人でいるときだけか」

「そういうことだ。契約中はうちのサロナーとサシで過ごしてもらう」

死徒とは、すなわちプレイヤーを指す言葉。パーティーを組みながら用心棒も頼《たの》むってのはダメらしい。

どっちか片方だけみたいだ。ソロの救済みたいな側面もあるのかもな。

「最後に、契約はサロナーが力尽《ちからつ》きた時点で終了《しゅうりょう》する」

「回復は？」

「自分では行わない。体力は契約者《けいやくしゃ》のお前が管理しろ」

「なるほどな……」

よくできている。大枚はたいて自分の力量を大幅《おおはば》に超《こ》えるやつを用心棒にできたとしても、ずっと一緒《いっしょ》にいてもらうための維持費《いじひ》は相当かさみそうだ。

逆にいえば、そこさえケアできるのであれば同じサロナーとずっと契約し続けることもできるのか。

この用心棒のシステムは、仲間とパーティーを組むのとはいろいろと勝手が違《ちが》いそうだ。

俺のような無機物のプレイヤーが本来不要なポーションを買い求める理由にもなる。

サロナーとやらの力量が不明だが、一度頼《たよ》ってみるのも面白《おもしろ》そうだ。

「となると、ランディープもここで？」

「呼んでくだされぱいつでも馳《は》せ参《さん》じますわ♡」

もしやと思い背後に控《ひか》えていたランディープに問うてみると、即座《そくざ》に胸やけしそうな甘《あま》ったるい首肯《しゅこう》が返ってきた。

ならばずっとランディープと契約していれば今後彼女が〝ありがとう〟しに来ることがなくなるのでは？

いやでも、契約代金に〝ありがとう〟の享受《きょうじゅ》を提示されるおそれもある。

迂闊《うかつ》な真似はできないな……。

「分かった。まだ利用はしない」

とりあえず、次の目的地はあのなんとかっていうジメジメした湿地《しっち》だ。

あまり景観のよい場所ではなかったが、初のフィールド散策。せっかくだから気ままに探索《たんさく》してみたい。用心棒を連れていたらステージについての補足とかを教えてくれるかもしれないが、まだそんなことをしなくても良いだろう。

そういった判断で今回はサロンの利用を見送ることにした。

「そうか。また来い」

「わたしはここでお別れですね」

「む、そうか」

懇切丁寧《こんせつていねい》に街を案内してくれたランディープであったが、ここで彼女とは別れることになった。

街ではまったくと言っていいほど見かけない忘我キャラだが、このサロンでたむろしながら過ごしているのかも。

しかし……参ったな。

この数刻でランディープに対する印象が大きく覆《くつがえ》ってしまった。

最初に地下水道で襲《おそ》われた時はショッキングな登場シーンと不可解な言動が相まって嫌《けん》悪《お》感が凄《すご》かったのに、今となってはただの親身になってくれる心優《こころやさ》しいシスター。

謎の好感度の高さから来るベタベタした言動がちょっと不穏《ふおん》だが、右も左もわからない俺にはとてもありがたい存在だった。

なのだが、俺は彼女に素直に礼を言えずにいる。

だって彼女に〝ありがとう〟を告げたら、何かヤバいスイッチが入りそうで怖いんだもの。

……とりあえず、言葉を濁《にご》しながら感謝を伝えるか。

「あ――……。ランディープ。その、世話になった」

「ウフッ♡　素直に『ありがとう』と言ってくだされればいいのに、愛らしいお方……♡」

「じゃあな！」

ランディープの深海のような瞳が獲物《えもの》を視認《しにん》した捕食者《ほしよくしや》のような目つきになったのを見て、俺はそさくさとサロンを後にした。

今も背中を穴が開くほど見つめられているのがわかる。
ねえ、やっぱりあのシスター怖いよ。

第六章◆まだ教えられない

ランディープと別れたのち、俺が目指した場所。

この街に来てから、まだ行っていない重要なスポットがある。

それは大鐘楼だ。

街の名を冠《かん》する、天高く聳《そび》える塔《とう》。

ここに何があるやらさっぱりだが、足は運ばないとダメだろう。

道案内も不要だ。少し空を見上げるだけですぐに方角がわかる。迷う余地はない。

とはいえ、寄り道も少々。

ござを敷《し》いたプレイヤーが所持品を売り捌《さば》くフリーマーケットのような場所や、食欲をそそられる匂《にお》いの立ち昇《のぼ》る食事処《どころ》などなど。

道中にあった楽し気な場所も見て回りながらの移動だ。

一人での行動なので誰にせっつかれることもなく、自分のペースで気ままに見て回る。

一人旅での観光のような楽しみ方で、俺は大鐘楼の街を歩いた。

そして辿り着いた、鐘楼の真下。

期待を胸に内部へと足を踏み入れ、探索をしてみたのだが……。

ほぼ収穫《しゅうかく》なし。楽し気なものは何もなかった。

内部は上へ螺旋《らせん》階段が続くのみで、壁面《へきめん》に棺《ひつぎ》が並べられているだけ。

景色でいうと、俺のゲームスタート地点と類似《るいじ》していた。

でもたったそれだけだ。

上層はどん詰《づ》まりになっていてそれ以上登ることはできなかった。

一応、具合の悪そうな無抵抗《むていこう》のゾンビが最下層をぐるぐる回っていたくらいか。

あのゾンビの傍では武器を振《ふ》るえるらしく、ゲーム開始して間もない初心者が殴《なぐ》りかかっていた。

以上で俺の大鐘楼観光はおしまいだ。

見たいものは見られたので、俺はここいらでドーリスのいる地下に戻ることにした。

「どうだったよ、初めての大鐘楼は」

携帯《けいたい》リスポーンマーカーの力を借りてワープした俺に、ドーリスは開口一番そう言った。

「異世界ファンタジーだった」

「だろうな。大鐘楼近くは陰惨《いんさん》な雰囲気もまだない」

公式にダークファンタジーを謳《うた》う『Dead Man's Online』だが、全編通して暗い景観が続くわけではないようだ。

大鐘楼の街は王道のファンタジーのそれであり、国内初のＶＲゲームに求められる需要《じゆよう》を理解した街並みでもあった。

あの街を歩ける、あの街で暮らせるというだけで、このゲームに食指が動く層も多かろう。

ランディープに連れられた武器屋やポーション屋の内装の凝《こ》りようからもそれは間違《まちが》いない。

そういえばランディープ繋がりだと、連れ込まれたあの薄暗いパブ。

あそこの話もドーリスにはしておいたほうが良いか。

「地下水道で浸食してきた忘我キャラと上で会った。そいつに忘我サロンって場所に案内されたぞ」

「……店は南通りのデモンズ・エールだな？　魔法陣はどうやって抜《ぬ》けた？　会員証が要《い》るはずだ」

ドーリスは心当たりがあったようで、件《くだん》の酒場の店名を言い当てて見せた。

やはりあのような進行不可能な魔法陣が立ち塞《ふさ》がる酒場は、大鐘楼広しといえど多くないらしい。

「その忘我キャラが目配せするだけで通されたぞ。会員証は中で貰えた」

「なるほどな。やはりサロン入会の条件は複数あったか。大方、忘我キャラと親密度が高いと案内されるってところかね」

「俺のは裏口入会だったのか」

ドーリスの反応を見るに、どうやら他の場所で会員証を手に入れてからあの魔法陣を越《こ》えるのが正道っぽいな。

ランディープによる案内で特殊な入会手順を踏んだらしい。

「お前その忘我キャラに何をしたんだ？　こんな短時間でそんな親密度を上げるなんてよ」

「わ、わからん。でも初対面の瞬間《しゅんかん》から好感度カンストしてそうな状態だったぞ？」

ランディープは初めましての時点でもうトロトロだったからな、語調が。

その時点では敵って事しか分からなかったからとにかく不気味で仕方なくて恐《おそ》ろしかった。

いや、もちろん今も恐ろしい。

でも大鐘楼を案内してもらったことでむしろ俺の方の親密度がアップしてしまい見方が変わったんだよな。

意外と悪い子じゃないのかも？　とか思えるほどには良くしてもらった。

ちょっと思考がありがとうに傾《かたむ》いているだけで、良い子だったよ、うん。

「ありがとうの会所属の忘我キャラじゃ参考にならねえな」

とはいえドーリスからしてみれば彼女の存在はサンプルとして外れ値すぎる。

情報の価値としてはやや下がるだろう。

その顔はやや不服げだ。

「ま、いい。新情報の駄賃《だちん》だ、持ってけ」

ドーリスはすぐに割り切り、慣れた手つきで銭袋《ぜにぶくろ》が放られる。

きっちり受け取ると、中身は５０００ギル。

俺が話した情報分の代金ということだな。こいつは情報に金を払《はら》うということについて一切《いっさい》の躊躇《ちゅうちょ》が無い。

金を貰っているこちらが心配になってしまうくらいだ。もちろん、貰うもんは貰うが。

余計な口出しして返せとか言われたら敵《かな》わんからな。

「用心棒に忘我キャラを雇えるらしいんだが、強いのか？」

「未知数だ。知れたら教えろ、金は出す」

ドーリスでもサロナー達《たち》の用心棒としての力量は知らないらしい。

ドーリスの口ぶりじゃあ俺以外にも忘我サロンの会員はいるようだし、使っている人が少ないのか？

パーティーを解散しないと契約できないことがネックなのだろうか。

まあ、知らないなら知らないでいいか。自分で確かめてみるのも醍醐味《だいごみ》だ。

最悪、ランディープを紹介《しょうかい》してもらえば力量は保証されてるだろうしな。

「他に聞きたいことは今聞いておけ。俺はじきにここを発《た》つ」

「そうなのか？」

「おう。拠点《きょてん》としてのこの場所は攻略《こうりゃく》ギルドに売り渡《わた》したからな、長居は無用だぜ」

ではここも後続のプレイヤーたちがこぞって拠点に使うのか。

俺は使わなかったが、食品の詰《つ》まった木箱や奥のテントも休憩《きゅうけい》に使用できたんだろうな。

もしかして無機物じゃなくて生命ある種族ならそういう休憩も必要なんだろうか。

食事とか給水とか、睡眠《すいみん》とか。

それを思うとなんだかすごく不便に思えてきた。生き物って大変なんだな。

まあ、俺は代わりに回復ができないんだけど。

どちらが良いかは判断しかねる。一長一短だな。

「お前が登録したマーカーも持ち去る。イヒヒ、次に飛ぶときは俺のアジトになってるぜ」

「おう。楽しみにしておく。ところで、上で『極悪なピラフ』ってやつと知り合った。有名なのか？」

「へぇ。奇縁《きえん》だな。ここの売り渡し先《さき》がそいつのギルドだよ」

「なに？　そうなのか」

武器屋で知り合った竜巻《たつまき》頭のエレメンタル。

武器の知識に明るいマニア。少し話しただけで意気投合できた俺の初フレンドだ。

順序で言えばドーリスが本当の初フレンドになるんだが、こいつはノーカン。だってうさん臭《くさ》いんだもの。

「【スイートビジネス】って名前のギルドでな。創設メンバーに最上位プレイヤーが固まってるってんで有名だぜ」

「へぇ」

「他の主要メンバーにゃ『凶悪《きょうあく》なワッフル』『無慈悲《むじひ》なレモネード』『残虐《ざんぎゃく》なポトフ』なんかがいるが、全員エレメンタルだ。顔と名前も相まってすぐわかる」

「名前の癖が強い」

「ま、リアルでの身内かなんかで統一してんだろ。地下水道攻略にゃこいつらは来ねえだろうがな」

なんで全員頭に暴力的な形容詞が付随《ふずい》しているんだ。普通にワッフルとかポトフでいいだろ。

自分の素直にリアルの名前を踏襲《とうしゅう》した『アリマ』って名前とは対照的で、奇妙《きみょう》な名前を見るとつい突っ込みたくなる。

「ともかく、そいつが『至瞳器』ってのを探しててな。ドーリスは知ってるか？」

「イヒヒ」

あ、知ってやがるコイツ。

至瞳器という単語を口にした瞬間、ドーリスの笑《え》みが深くなったのを見逃《みのが》さなかったぞ。

「タダじゃ言えねぇ。金を積んでもダメだ。対価になる情報が要る」

「……俺が懇意《こんい》にしてる鍛冶《かじ》の情報だな？」

「おうよ。それに加えて、『そいつに姉妹《しまい》がいるか』も知りたい」

「……お前に話していいかも含《ふく》めて、相談する」

至瞳器にまつわる話はやはり、かなり情報として価値が高いようだ。

調べればわかるような事やありふれた知識は気軽に教えてくれるが、重要度の高い話にはしっかり対価を要求してくる。

俺のゲームの遊びかたのスタンスとして、できるだけゲームの情報は人から見聞きしたいというワガママがある。

基本的な情報やお役立ち情報も、攻略サイトの文面からではなくNPCやプレイヤーの口頭で教えてもらいたいのだ。

みんなで同じゲームを遊んでいる感覚を楽しみたいというか、そういう気持ちがある。

しかしドーリスはこんな世界で情報屋を名乗っているだけあって、そのあたりの線引きはきっちりしてるな……。

更《さら》にドーリスは極悪なピラフよりも一歩深い情報を持ってる風だ。

至瞳器《しどうき》は強力な武器らしい。それについて知れるなら、俺にも利益がある。

だがすぐにエトナの存在をドーリスに教えるわけにはいかん。

エトナは空島の滝裏《たきうら》という人里離れた場所で、隠《かく》れるようにひっそり鉄を打ってるような人物だ。

世俗《せぞく》との関わりを厭《いと》っている可能性が高い。人が集まるようになれば鍛冶の邪魔《じゃま》になるのは明白。

まああの空島に人が殺到《さっとう》できるとは思えないが……。

ともあれ、彼女の意向にそぐわない真似《まね》は俺もしたくない。せめて、他人にエトナの名を教えるのは直接彼女からお許しを貰ってからにしておくべきだ。

「……聞いてくる」

「色の良い返事を待ってるぜぇ、ヒヒヒッ」

第七章 ♦ エトナの逆鱗《げきりん》

ワープを使用し、俺《おれ》は再び空島へとやってきた。

目的はもちろんエトナ。彼女に聞きたいことがあるからだ。

慣れた足取りで滝の裏に回り込み、洞窟《どうくつ》を進んで鍛冶場まで向かう。

がっしゃがっしゃと鎧特有の足音を鳴らしながら洞窟を進んでいくと、洞窟の奥から等《とう》間隔《かんかく》に響《ひび》く鉄を打つ音が止《や》んだ。

エトナはいつしか、俺の足音が聴《き》こえると鍛冶の手を休めるようになった。

別に労《ねぎら》いの言葉があるわけではないが、当初よりも彼女の対応が俺を意識したものに変わったことを嬉《うれ》しく思う。

なんてのんきに考えながら足を進め、俺は鍛冶場に顔を出した。

静かな作業場を覗《のぞ》き込むと、エトナはいつものように金床《かなとこ》の前で腰《こし》かけていた。

だが、俺を見るその目つきは明らかに普《ふ》段《だん》と異なっている。

「知らない武器の匂いがする」

——まずい。

俺は一瞬《いっしゅん》で全てを察した。背筋に冷や水を垂らしたような悪寒《おかん》が走る。

いつにも増して感情の読み取れぬ無表情。抑揚《よくよう》の感じ取れぬ声の調子。

彼女の態度はいつもと同じはずなのに、本質的な何かが違った。

俺にはわかる。彼女は明らかに機嫌《きげん》を損《そこ》ねていた。

「……」

こちらをじっとりと睨《にら》むエトナ。

その大きな視線はえも言われぬ怒気《どき》を孕《はら》んでおり、有無《うむ》を言わせぬプレッシャーを放っていた。

つい先ほどまで浮《う》かれていた俺の気分など、とっくに縮み上がっている。

エトナが何に気分を害しているか。それは間違いなく俺が大鐘楼《だいしょうろう》で買い付けた武器が関係している。

彼女はずっと俺の武器防具事情を一手に引き受けており、俺はエトナには大いに助けられてきた。

エトナがいなければこの『アリマ』のキャラデータはとっくに詰み状況《じょうきょう》に陥《おちい》り、削除《さくじょ》されていたと断言できるほどだ。

言わば二人三脚《ににんさんきやく》、共存共栄といってもも過言ではないくらい。

にも拘《かか》わらず、俺はエトナになんの断りもないまま何処《どこ》の馬の骨とも知れぬところから武器を購入《こうにゆう》してきた。

そんな俺の行いは、彼女には酷《ひど》い裏切りのように映ったのではないか。

この期《ご》に及《およ》んでようやく、俺はその可能性に思い当たった。

「出して」

「はい」

俺はエトナの凍土《とうど》のように冷え切った視線に震《ふる》えあがりながら、ランディープ紹介の武器屋で購入した装備を従順に差し出した。

武器屋ではいかにも頼りがいのあるように思えた金属の斧《おの》も、今となってはまるで頼りなく見える。

エトナは剛健《ごうけん》に鍛《きた》えられたバトルアクスを手に取り、絶対零度《れいど》の目線で武器の具合を厳しく検《あらた》める。

「これがいいんだ?」

「いや、まぁその……」

「ふーん」

気まずい。

まさかこんなことになるなんて。謝《あやま》るにもなんと言ったらいいのか。

こんなシチュエーションを経験したことがないので、どうすればいいのかさっぱりわからない。

雨に濡《ぬ》れた犬のようになりながら物言わずエトナの機嫌を窺《うかが》う俺のことなど構いもせず、エトナはハルバードにも視線を走らせていく。

近くの俺にすら聞き取れない極小の声量でぶつぶつと何かを呟《つぶや》きながら、ハルバードを目からレーザーでも出して焼き払うのではというくらい睨みつけていた。

最近やっとエトナが何を考えているのかほんのちょっぴりわかるようになってきていたのだが、今回ばかりは彼女の表情から何も読み取れない。

分かるのは、彼女が俺にひしひしと向けてくる無言の圧力のみ。

やがて満足がいったのか、エトナがふっと顔を上げる。

そして戦々恐々《せんせんきょうきょう》と震えている俺に目を向け、こう言い放った。

「これ、捨てとくから」

「!?」

俺が制止する暇《ひま》もなく、エトナが手に持つハルバードを折り紙のようにクシャクシャに潰《つぶ》して丸めていく。

「ちょ、え⁉」

俺の理解が追い付くよりも早くエトナの細腕《ほそうで》がまだ新品の金属斧を掴《つか》み、ティッシュでも丸めるような気安さでバトルアクスを小さな金属塊《きんぞくかい》に握《にぎ》り固めていく。

あっという間に俺が差し出した二つの武器は見るも無残な鉄クズになってしまった。

なんて馬鹿げた怪力《かいりき》。こんな力持ちだなんて知らなかった。エトナの細い体のどこにそんなパワーが。

というかちょっと待ってくれ、驚愕《きょうがく》で俺の理解が追い付いていない。

え、あれ？　俺の買った武器どうなった？　このぐずぐずの鉄塊《てっかい》はいったい？

もしかしてこのメタルおにぎりが俺の新武器？

嘘《うそ》だ。ダンジョン攻略でもらった資金を半分も費《つい》やした俺の新武器たちが、こんな……。

「私にも意地くらいある」

あまりの絶望に膝《ひざ》から崩《くず》れ落ちた俺に、エトナが語り掛《か》ける。

茫然《ぼうぜん》としながらせめて残骸《ざんがい》だけでもとメタルおにぎりを手に取ろうした俺だったが、そんな真似は許さぬとエトナが鉄塊を奪《うば》い去った。

深い悲しみに包まれた俺は膝をつきながら、エトナの顔を見上げる。

彼女《かのじょ》はその大きな瞳の奥《おく》で、何らかの決意を宿していた。

「だって、これしか能がない」


エトナが新たに打ち、俺に差し出した武器。

それは一振《ひとふ》りの鋼の剣《けん》だった。

一見すると何度もエトナに提供してもらってきた失敗作と瓜二《うりふた》つだが、なんと武器に失敗作とは異なる名が付いている。

その名も『腐《くさ》れ纏《まと》い』。

……。

ちょっと、こう、思うところはある。

いやしかし確かに格好良さとはかけ離《はな》れた不潔感漂《ただよ》う銘《めい》かもしれないが、今までの失敗作よりかは遥《はる》かにマシだ。

さらにこの武器、『エトナの意欲作』という異名が付与《ふよ》されている。

あのあとエトナが武器を作り始めたとき、俺がボスドロップで大量の【濁り】というアイテムを持っていることに感づいたエトナに「全部渡して」と言われたのと関わりがあるのかもしれない。

もしかしなくても、素材にしたのか？　だとしたらどこに行ったのだろう。

それにこの剣、エトナの失敗作ループは脱《だっ》しているようだがなにか数値的な恩恵《おんけい》はあるのか？

見た目では失敗作たちと代わり映《ば》えしない。攻撃力《こうげきりょく》も同じ20。

何が違うかさっぱりだが、失敗作という汚名《おめい》を雪《すす》いでいるあたり、何かが違うのだろう。

この辺りは実戦で試《ため》してみなくてはわからない。

さて、俺が購入した武器はエトナの逆鱗に触《ふ》れてまるっきりおじゃんになってしまった。

だが、それが転じて失敗作しか打てなかったエトナの鍛冶の力量に進歩が生じた。

武器が二本持っていかれたのはぶっちゃけ痛いし悲しいが、大恩人のエトナを裏切ってまで固執《こしつ》するほどのものでもない。

失った金額は合計で４００００強だが、たったそれっぽっちの金でエトナの鍛冶の腕《うで》が成長したと思えば安いものではないだろうか。

むしろそれ以上に気がかりなのは、エトナに嫌《きら》われそうなことをしてしまった事。

俺にとって彼女は唯一《ゆいいつ》の鍛冶師であり、彼女にとって俺が唯一の鍛冶仕事の相手。

戦士は武器と防具なくして戦えず、武器や防具は使い手があってこそ。

これは武器防具を打つ鍛冶師にとっても、同じことだと思う。

戦士と装備と鍛冶師は、同じ延長線上にあるのだから。

俺は過去に他の鍛冶師を見つけてもまたエトナの元に来ると抜かしておきながら、のうのうと他所の店で買った武器をぶら下げて戻《もど》ってきたのだ。

エトナが怒《いか》りや不安を覚えるのも尤《もっと》もだ。どの面下げてという話じゃないか。

俺は口数の少ないエトナとの間にあった、見えない信頼《しんらい》関係のようなものを弄《もてあそ》んでしまったのだ。

「裏切るような真似をして悪かった」

「べつに。期待に応えるから、……。剣以外も、打ってみるし」

だから、俺は彼女に誠心誠意謝ることを選んだ。そこに何の蟠《わだかま》りもない。

エトナはたったひとつの大きな瞳を横に逸《そ》らして、落ち着かなさそうに俺の謝罪を受け取ってくれた。

案外、彼女もカッとなってその場の勢いで俺の武器を握り潰してしまったのかもしれない。

あるいは、単に俺が外で買ってきた武器を問答無用で握り潰したことに負い目を感じているのか。

俺以外の誰《だれ》かだったなら、その場で怒号《どごう》を飛ばしていてもおかしくなかったしな。

ちなみに俺は普通《ふつう》に目の前の事件にちっとも頭が追い付かなくて怒《おこ》るどころではなかった。

もちろん堅硬《けんこう》な鋼の武器を軽々と握砕するエトナにビビり散らかしていたのもある。

まあ……とりあえず、丸く収まって良かった。

冷静になって思い返すとかなり軽率《けいそつ》だったな、俺。

ともすれば、エトナが俺の買ってきた武器を目にした瞬間『もう知らない！』と言われて二度と相手にしてもらえない可能性もあった。

そしたら俺は終わりだ。いやはや、そうならなくて本当によかった。

ただ、一つ気になったことがある。

俺の謝罪を受け取ったエトナは、『期待に応えるから、』と不自然に言葉を途切《とぎ》れさせて続きを口にしなかった。

『期待に応えるから、これから私を頼ってほしい』

エトナはひょっとしてそう言葉を続けようとしたのではないか？

そんな風に思うのは、俺の自意識過剰《かじょう》だろうか。

第八章 ◆ 新たな地

さて、あの後俺はエトナに予定通り質問したかったことを聞いてみた。

まず、『他の人にお前がここにいることを話していいか』という質問。

こちらは非常に端的《たんてき》に「やだ」とだけ返ってきた。

やはり不特定多数に自分の存在が知られるのはエトナにとって喜ばしくないらしい。

無断でドーリスに話さなくて良かった。既《すで》にエトナを一度裏切った手前、彼女の機嫌を損ねるようなことを重ねたくない。

もう一つの質問、『姉妹がいるのか』についても答えたくないの一点張り。

エトナから無理に聞き出したくはなかったので、俺はそれ以上追及《ついきゅう》することなく引き下がった。

ただ、『いない』と答えなかったということはやはり血縁《けつえん》の者がいて、そいつとなにか確執《かくしつ》があるんだろう。

これ以上は、エトナが自分から語ってくれるのを待つことにする。

ドーリスには悪いが、今回はエトナの情報を諦《あきら》めてもらおう。俺もドーリスから至瞳器にまつわる話を聞くのを諦める。

至瞳器とかいうようわからん強い装備に固執しなくたって、俺にはエトナが付いているわけだしな。

と、このような顛末《てんまつ》でドーリスとの取引は破談となった。

これについてドーリスは『時機を待つ』とおおらかな対応。彼《かれ》も至瞳器に対しそこまで躍起《やっき》にはなっていないようだ。

至瞳器の情報は最上位勢の極悪《ごくあく》なピラフでさえほとんど手がかりがない様子だったし、ドーリスとしても容易に手に入らない類の情報だと弁《わきま》えているのだろう。

あるいは、既に情報のリードがあるのか。

まあ、どちらでもよい。

それよりも大切なのは、今俺が降り立った地。

フィールド名、ド＝ロ湿地。

見渡《みわた》す限り紫陽花《あじさい》色の背の低い草が生い茂《しげ》った水気の強い大地だ。

大鐘楼の街を見終わり、俺はついにこの新エリアの攻略に踏《ふ》み込《こ》むことにした。

大鐘楼から東に位置するこのエリアは道の全てが閉ざされており、前人未到《ぜんじんみとう》だとドーリスに聞き及んでいる。

その証拠《しょうこ》にこのフィールドでは他のプレイヤーの姿が見当たらない。何かあっても助けを呼んだりはできなさそうだ。

一歩踏み出すごとに、水分を潤沢《じゅんたく》に含んだ土壌《どじょう》に足が沈《しず》み込む。

少し、いやかなりぬかるんでいる。ここでは蹴《け》りは封印《ふういん》だな。

発生前の踏み込みでずっこけるか、着地後の姿勢制御《せいぎょ》がうまくいかないかのどちらかだ。

【絶】がサポートしてくれるのは蹴り始めるまでで、着地まではサポートしてくれないからな。

というか、そもそも普通に剣を振るうにしても足を取られかねない。気を付けないとな。

更にこのエリア、視界が悪い。

黄土色のいかにも健康に悪そうな霧《きり》が濃厚《のうこう》に立ち込めており、遠くを見通すことができない。

毒ガスか何かの可能性が高い。俺の鎧《よろい》を蝕《むしば》むような性質ではなさそうなので、ひとまずは安心か。

しかしこうも無機物としての性質が優遇《ゆうぐう》されると、後が怖《こわ》くなってくる。

今ここで楽をした分、あとで帳尻《ちょうじり》を合わせるように無機物を苛《いじ》め抜くような環境《かんきょう》のエリアがありそうで今から怖い。

まあまだ見ぬエリアのことは今はいい。それよりこの湿地《しっち》、俺が既に見知ったモンスターが出没《しゅつぼつ》する。

その名も【濁《にご》り水《みず》】。俺の手を散々焼かせた物理無効の厄介《やっかい》エネミー。

シーラがボス戦前に地下水道が清潔な割に不潔な連中が跋扈《ばっこ》していて妙《みょう》だと言っていた。どこからそんな不浄《ふじょう》の存在がやってきているのかと思ったが、他でもないこのド＝ロ湿地から地下水道に侵入《しんにゅう》していたようだ。

この分では、地下水道にいた面子《メンツ》もこの湿地にいるのではないだろうか。

まあ、他の面々は弱いのでどうとでもなるだろうが。

それより今は目の前の濁り水の対処だ。

地下水道では土偶《どぐう》のシーラに焼き払ってもらっていたが、今の俺は一人。

自力で対処しなくてはならない。今までは刃薬の効果に頼《たよ》ることで撃破《げきは》してきたが……

「せいっ！」

飛び掛かってきた濁り水を上段から叩《たた》き伏《ふ》せる。もちろん斬撃は濁り水に通らない。

斬《き》りつけられた濁り水は飛散することで斬撃を受け流し、体を再構成する。

だが、内部の濁りは悶《もだ》えるように震えだし……濁り水は爆散した。

これぞエトナの意欲作【腐れ纏い】の能力。

何の変哲《へんてつ》もない一般的《いっぱんてき》な剣は今や水の膜《まく》を纏い、その表面を不潔な深緑の汚濁《おだく》が循環《じゅんかん》していた。

腐れ纏いはその名が示す通り、戦闘《せんとう》の際には刀身に汚《きたな》らしい緑色の腐れを纏って力とすることができる。

付随する効果は、まだよくわからない。毒や病の類だとは思うのだが……いかんせん試し切りの相手がまだ濁り水だけなのだ。

ボス濁り水のドロップ品を原料にしているにも拘《かか》わらず、何故《なぜ》か同じ濁り水に効果がある。

いったいこの濁りがいかなる性質をしているのかは、敵として相対していたときからわかっていないのだ。

でも俺は斬りつけた相手が倒《たお》せるならそれでいいや。刃薬も節約できるしな。

武器の表面を緑色の物質が循環するという点では、ゲーム開始直後俺を叩き殺したレシーの剣と類似しているかもしれない。

だが蛍《ほたる》の光のような神秘的な発光を伴《ともな》うあの翡翠《ひすい》の曲剣と、俺の汚らしいドブ色のヘドロが纏わりつく腐れ纏いとでは比べるのもおこがましい。

月とすっぽん、似て非なるものだ。

だがたとえすっぽんであろうと俺にとって強力な武器であることに変わりはない。

エトナがこの剣を作れたのも、やはり刃薬を精製した際の経験が活《い》きたのだろうか？

それに加え、事前に刃薬を作製するために大量に地下水道のモンスターたちからドロップする不潔な品々を扱《あつか》っていたのも関係あるかもしれない。

どのようないきさつでエトナがこの剣を生み出せたのかはさっぱり分からんが、とにかく強いので良し。

攻撃力は失敗作の頃《ころ》から据《す》え置きだが、この付随効果は強力だ。

エトナに斧とハルバードを握りつぶされるだけの価値はあったと思う。

ところで俺は自分の勘違《かんちが》いに気づいたのだが、過去にエトナは『生きている武器を打ちたい』と零《こぼ》していた。

俺はてっきり生きている武器とはつまり特殊《とくしゅ》能力のある武器やスキルを内包した武器のことだろうと短絡的《たんらくてき》に決めつけていたのだが、それは違《ちが》った。

なにせ、この腐れ纏いは明らかな特殊能力持ちの刀剣《とうけん》に類する。だがエトナの反応はいつもよりいい武器ができた程度のもの。

どう見ても念願叶《かな》ったという様子ではない。エトナの言葉が指し示すのは、もっと別の何かだ。

エトナはそれを生み出すことが鍛冶師の到達点《とうたつてん》だと言っていた。

その話を踏まえて考えると、とどのつまりエトナの言う『生きている武器』とは、それこそが至瞳器なのではないか。

そんな気がする。もしそうなら、いつか彼女が至瞳器を生み出す日が楽しみだ。

そして叶うなら、その武器を俺に授《さず》けてくれるような関係を続けたいものだ。

第九章 ◆ 湿地を歩く影

さて。エトナに別れを告げ、俺はもちろん湿地の探索《たんさく》を再開した。

ある程度この湿原《しつげん》を歩いて回ってわかったことがある。

大気中に漂う霧、これは間違いなく有害だ。

この湿地に果樹が群生している場所があったのだが、たわわに実っていたであろう果実が一つ残らず腐り落ちており、木の葉も溶《と》けたような状態で黄土色になっていた。

他にも、無残に腐り果てた花畑などもあった。健在であれば壮観《そうかん》だっただろうに、もはや見る影《かげ》もない。

恐ろしい話だが、もしも忘我《ぼうが》サロンで大金を用意して用心棒を頼《たの》んでいた場合、この毒ガスによるダメージを回復しきることができずに契約《けいやく》が終わっていたのでは？

充分《じゅうぶん》ありうる話だ。無計画に頼まなくて良かった。たとえランディープであってもこの霧の影響《えいきょう》はあっただろうから、いったんフィールドの様子を見に来たのは英断だった。

環境ダメージ等の存在を鑑《かんが》みると、用心棒を依頼《いらい》する前にエリアの下見は必須《ひっす》だな。

パーティー攻略なら撤退《てったい》すれば済む話だが、忘我サロンで仲間にした用心棒は俺が回復代を負担しなくてはならない。

計画的に利用しなくては回復アイテムの消耗《しょうもう》がとんでもないことになりそうだ。

偶然《ぐうぜん》とはいえ、それに気づけて良かった。

しかし思うに、この黄土色のガスが発生したのは最近なのではないか？

元からこの湿地に充満《じゅうまん》していたのであれば、花も果樹も育たないと思うのだ。

地下水道のコウモリやネズミは、このガスから逃《のが》れるために地下水道に来ていたのではないだろうか。

俺の前に不審《ふしん》な人影《ひとかげ》が現れたのは、そんな予想を抱《いだ》きながら探索していたときのことだ。

「ひとりでに動く鎧。新手か」

そいつは濃厚な霧の向こうから慎重《しんちょう》な足取りで俺の前に姿を現した。

亜麻色《あまいろ》の外套《がいとう》で体を覆《おお》った姿で、被《かぶ》ったフードの下には顔面を覆い隠す革《かわ》と布の複合マスクが装着されている。

目元だけを透明《とうめい》なガラス質の窓で開けており、口元にはぶ厚いディスクを取り付けたそれはまさにガスマスク。

くぐもった声で、性別はわからない。

その手には細く長いレイピアを携《たずさ》えており、その先端《せんたん》をこちらに向けて構えていた。

直後、鋭《するど》い踏み込みと共にレイピアが突《つ》き出される。

咄嗟《とっさ》に躱《かわ》せば足が滑《すべ》る。俺は落ち着いてレイピアの切っ先を左手に持つ盾《たて》で逸らした。

そう、盾だ。

あの武器屋でおまけに購入したこの盾はエトナの怒りから免《まぬが》れ、まだ無事なまま俺の手元に残っていた。

回避《かいひ》がしにくいこの湿地では、その場で相手の攻撃《こうげき》を受け止められる盾の存在はとても役立ってくれていた。

一番安い値段で買った品だが、大活躍《だいかつやく》してくれている。

さあ、次の一撃《いちげき》が飛んでくるまえに反撃《はんげき》だ。

勢いよく体を動かすアクロバティックな飛び蹴《げ》りや回し蹴りはしない。

ぬかるんだ地面に足を取られて体勢を崩してしまうからだ。

腐れ纏いで斬りつけたいところだが、相手が喋《しゃべ》っていたところからNPCの可能性もある。

毒が回ったら俺に治療《ちりょう》する手段はないので、まだ剣は使わない。

選んだのは両足を地につけたままのタックル。蹴りと比べて威力《いりょく》は劣《おと》るが堅実《けんじつ》な攻撃。

初めてレシーと戦ったときにも咄嗟に使った信頼のある攻撃だ。

相手はたかがタックル程度とはいえ、直撃《ちょくげき》して体勢を崩されるのを嫌ったのだろう。

ガスマスクは俺の反撃を素早《すばや》く察知し素早い身のこなしで飛び退《の》いた。

「うぁ！」

なので、派手に転んだ。

ああ、足元に気を付けないから。

体を地面に激しく打ち付け、その拍子《ひょうし》に被っていたフードとガスマスクが外れる。

露《あら》わになったのは美しく大人びた美貌《びぼう》。

転倒《てんとう》して翻《ひるがえ》った長い金髪《きんぱつ》は、黄色い毒ガスの中に包まれてなお輝《かがや》いて見えるほど華美《かび》だった。

見惚《みと》れるほど美しかった麗姿《れいし》は、その直後に湿地の泥《どろ》に塗《まみ》れて台無しになったが。

醜態《しゅうたい》を晒《さら》されて気が抜《ぬ》けてしまったものの彼女との戦闘は未《いま》だ継続《けいぞく》している。

彼女はマスクが外れたことに気づき、追撃《ついげき》を警戒《けいかい》してこちらを睨みつける。

すると、俺の注目は尋常《じんじょう》の人間とは異なる鋭く尖《とが》った耳にいった。

「……エルフ？」

「……ほう。貴様、まだまともであったか」

素早く体を立て直し武器を構えたガスマスクの女は、俺の声を聞くと警戒を解いて武器を下ろしてくれた。

プレイヤーはまだこの湿地にはいないはずだから、俺の予想通りこの地にいるNPCといったところか。

他のプレイヤーを見つけても見た目で敵かどうか分からないとは良く思っていたが、他人から見た自分も例外ではないことを忘れていた。

しかし初対面のNPCと敵対状態から始まることがあるなんてな。

無言プレイを貫《つらぬ》くようなプレイスタイルであれば、NPCだと気づかぬまま殺害してしまう恐《おそ》れすらある。

おっかない話だ。友好的な態度を示すことを忘れてはならんな。いい教訓になった。

ところで、俺の疑問を訂正《ていせい》しなかったところから彼女はエルフで間違《まちが》いないらしい。

露出《ろしゅつ》した金髪と耳だけで判断した当てずっぽうだが、まさか正解だったとは。

「いきなり攻撃した非礼を詫《わ》びよう。だが貴様、いったいどこから来た？」

毅然《きぜん》とした態度で話すエルフだが、しなやかな身体と輝く金髪にはべっちょりと泥と草が付着しており、なんとも恰好《かっこう》がつかない。

ともあれ、敵対状態は完全に解除された様子。

俺としてもこれ以上彼女に攻撃する理由もないので、大人しく問いに答える。

「大鐘楼の地下がここと繋《つな》がっていた」

「顔を見せろ」

言われるがまま兜《かぶと》のバイザーを持ち上げる。

もちろん中は空洞《くうどう》。向こうからはがらんどうの中身が見えているはずだ。

「リビングアーマー。毒の影響がないのはそのためか」

「お前はここで何を？」

「故郷の森がこの霧に侵《おか》されようとしている。それを止めに来た」

では、近くにエルフの森があるのか。

この湿地の草木が腐ってしまったように、今も広がり続けるガスがエルフの森を滅《ほろ》ぼそうとしていると。

「お前の目的はこの湿地の探索だな？」

「そうだ」

「都合がいい。どうせマスクの寿命《じゅみょう》の近かった頃合《ころあ》いだ、エルフの森まで案内してやる」

「話が見えん」

落としたガスマスクを拾い上げながら、エルフがやや高圧的な口調で言う。

自信満々、これは名案だぞと言わんばかりの態度をエルフはしているが、流れがさっぱりわからん。

いったいなぜ俺がエルフの森に行くことになった？

まだ出会ったばかりなのにそんなことをされる理由もわからないし、湿地の探索も半端《はんぱ》なまま終わってる。

向こうも斬りかかった相手をどうしてそんなすぐ故郷に誘《さそ》えるのか。

「察しの悪い奴《やつ》め。支援《しえん》してやるからこの霧をどうにかしろと言っているのだ」

うーん高圧的。微妙《びみょう》に話が通じない調子といい、エルフって感じだ。

第十章◆森の恩恵

エルフに導かれるまま湿地を進んでいくと、俺はやがて鬱蒼《うっそう》とした森林の入り口へとたどり着いた。

足場の水気も程《ほど》よい湿《しめ》り気《け》に落ち着いており、ここはもう湿地の外なのだと分かった。濃密《のうみつ》だった霧もここまでくればほとんど薄《うす》れている。エルフは辺りを一瞥《いちべつ》してから、顔を覆うガスマスクを外した。

「ここまで霧は来ていないか」

「原因の心当たりはあるのか？」

「あるわけないだろうそんなもの」

なんでいちいち高圧的なのか。いや、落ち着け。

たぶん悪気があるんじゃなくて、彼女のこれはもはや生まれつきの口調なんだ。

心の余裕《よゆう》をもっておおらかに構えるんだ。多少の不満はこのエルフの顔の良さに免《めん》じて許してやれ。

「なんだ、気分を害したか？」

「いや。気にするな」

「ならいい」

妙に的確に俺の心の機微《きび》を感じ取ったエルフが、眉《まゆ》を顰《ひそ》めながら俺の様子を窺ってきた。

本人も気にしているのか？　唐突《とうとつ》だったとはいえ、彼女は俺に物を頼む側だったもんな。

森を侵さんと広がる毒霧の影響を受けない俺は、肉の体を持つ彼女からしてみれば頼みの綱《つな》か。

まあそれが分かったからといって、別にそれを鼻に掛けた傲慢《ごうまん》な態度を取るつもりはさらさら無いが。

「森に入る。お前は手を出すな」

「無抵抗《むていこう》で襲《おそ》われろと？」

「案ずるな。全て私が始末する」

森に入ったら手出しは無用だと言われてしまった。

エルフ的なルールでもあるのか？　部外者が森の生き物に手を出すな的な。

少し不安だが、まあ逆らう理由もないか。

彼女も先の戦闘では盛大《せいだい》にすっころんだせいでドジな印象が付いているが、身のこなしからして強そうではあったし。

ただ、どうしよう。

もしも予定にない強力な敵が現れてエルフの彼女が勝てなかった場合、それでも俺は応戦してはいけないのか？

不安は拭《ぬぐ》えないが、このエルフとはまだ会ったばかり。信頼を勝ち取る為《ため》にも、彼女の言う事はしっかり守っておこう。

――とかなんとか懸念《けねん》していたが、結論から言うとこの心配は完全に無用だった。

森林の内部は起伏《きふく》が激しく索敵《さくてき》が難しい。にもかかわらず彼女は常に敵の機先を制していた。

亜麻色の外套の内側から深緑のナイフを取り出し、音もなく鋭く投擲《とうてき》する。

すると後からそのナイフに当たりに行くかのように敵が現れるのだ。

敵は一撃死。威力が高いのか弱点を的確に貫いているのか定かではないが、とにかく全ての敵が飛び出してくると同時に死滅《しめつ》していく。

歩く。エルフがナイフを取り出して投げると敵が出てきて死ぬ。また歩く。またナイフを投げると敵が飛び出ながら死んでいく。

ひたすらその繰《く》り返し。側にいる俺から見るとただただ神業《かみわざ》だ。

俺《おれ》に手を出すなと言ったのも頷《うなず》ける。そもそも手を出す余地などどこにも無かった。

ただ一つ困るポイントを挙げるとすれば、あまりに敵を瞬殺《しゅんさつ》してしまうが故にモンスター図《ず》鑑《かん》が一切埋《いっさいう》まらないことだ。

モンスター図鑑は交戦して相手の情報を引き出すことで内容が充実《じゅうじつ》していく。

このように登場とほぼ同時にワンパンされてしまうと、図鑑の記述が一切《いっさい》増えないのだ。

モンスターの名前すら追記されない。情報ゼロということらしい。

でかい虫みたいなのとか、毒持ってそうな蜘蛛《くも》とか、人とか食いそうな植物とか色々出てきてるんだけどどな。

まあ図鑑に記載《きさい》されないのは諦めよう。この森をスイスイ進めることの方がありがたい。

この森の分の白紙の地図を俺が所持していないのもあるし、どうせ一人では来なかった。

贅沢《ぜいたく》は言うまい。

しかしそうなってくると気になるのが、彼女の存在。

明らかに湿地で戦った時より強い。それに、幾度《いくど》も投擲しているあの深緑の短刀。

敵を一撃で葬《ほうむ》っていることから、とても攻撃力が高いように思う。

ごく短い戦闘だったとはいえ、なぜ俺との戦いでは使用しなかったのか。

「気になるか？　森の恩恵だ。私はエルフだからな」

「森の恩恵……。そういうのもあるのか」

やたらと知りたそうにしているのが彼女にも伝わってしまったようで、俺から聞くまでもなく答えてくれた。

森の恩恵、そしてエルフという種族。つまり、生まれついての種族によっては今いるフィールド次第《しだい》でバフを貰《もら》えるということだろうか。

では、異様に殺傷能力の高い緑色のナイフや迅速《じんそく》な敵の捕捉《ほそく》はその森の恩恵とやらの効果なのか。

デタラメな強さだと思ってはいたが、しっかり秘密があったらしい。

しかしそうか、種族によるフィールドバフがあるのか。

知っていれば、他のプレイヤーとパーティーを組む際にも検討したら楽しいかもしれない。案外、既に森林の素材収集専門で協力を買って出てるエルフのプレイヤーもいるかもしれないな。

しかしそうなると気になるのはリビングアーマーのフィールド適性。

いや、期待しすぎか？　全ての種族が環境から力を得られるわけでもなさそうだ。

前に知り合ったエレメンタルの極悪なピラフやその一味だったら、自身と同じ属性の土地から恩恵は得られそうだよな。

まあ、武骨な戦士のリビングアーマーには無縁《むえん》そうだ。でも、面白《おもしろ》い話を聞けた。

ドーリスはこのシステムを知っているのだろうか。どうかな、普通に常識だったりして。

俺がインターネットを駆使《くし》した攻略《こうりゃく》情報の閲覧《えつらん》を進んで行っていないから、持ってる情報が限られているというのもある。

でもやっぱりこうやってゲーム内で驚《おどろ》きを伴いながら情報を摂取《せっしゅ》するというのも初見で遊ぶゲームの醍醐味《だいごみ》。それで損をするのも含《ふく》めて遊びたいんだ、俺は。

「そろそろ見えてきたな」

とか思っている内に、俺たちは目的地に着いたらしい。本当にエルフの後ろをついていくだけで辿《たど》り着けてしまった。

前方に見えるのは、大きな樹々《きぎ》に囲まれた木漏《こも》れ日《び》の差し込む森の中の村。

いや、その規模はもはや街と言っても差し支《つか》えがないかもしれない。

大樹をくり抜いた家屋やログハウス、ツリーハウス等があちこちに建造されており、樹と樹を繋ぐ吊《つ》り橋《ばし》があやとりのように上空に張り巡《めぐ》らされている。

多数の住人の姿が見受けられ、かなり活気を感じられた。

どうやらここは、大鐘楼《だいしょうろう》と同様に人の集まる拠点《きょてん》らしい。

ささやかな感動を胸にエルフの森に近づく。すると、一人のエルフが俺を見て驚いたような大声を上げた。

「そ、外からプレイヤーが来たぁーっ⁉」

第十一章◆森のプレイヤー

俺を見て大きな声を上げたのは、一人のプレイヤーだった。頭上に名が記されているから間違いない。

おかしいな。ドーリスの話じゃ、地下水道から繋がる東方面は大鐘楼からの道が閉じられているはず。

プレイヤーがいるはずが無いのだが。しかもどうも、相手も自分以外のプレイヤーの存在に驚いているみたいだ。

パッと見じゃわかりにくいが、おそらく男性。エルフは端麗《たんれい》な容姿が特徴《とくちょう》だが、整いすぎて顔だけじゃ性別の判断が難しい。

女装や男装なんてされたらいよいよ見分けがつかなさそうだ。

彼の頭上のプレイヤーネームには『サーレイ』と記されている。

もちろんネームが日蝕《にっしょく》のように輝く忘我プレイヤーではない。

彼は信じられないようなものを見る目で俺を指さし、泡《あわ》を喰《く》ったような慌てっぷりで近づいてきた。

「どうやって外からこの村に入ってきたんですか⁉」

「どうやっても何も、そこのエルフに案内された」

「そこのって、リ、リリアさんに⁉」

「この村じゃ有名人なのか」

「この地の姫《ひめ》ですよ！」

姫って。めちゃくちゃ重要人物じゃねえかよ。村を飛び出して何やってんだよこのお転《てん》婆《ば》。

湿原で出会ったとき俺がうっかり殺してても不思議じゃなかったんだぞ。

そんな思いで姫なるエルフを見やると、彼女《かのじょ》は口をへの字にしながら視線を逸らした。

「大仰《おおぎょう》な肩書《かたがき》をつけるな。村の代表の娘《むすめ》というだけだ」

リリアと呼ばれたエルフは、サーレイの言葉を煩《わずら》わしそうな表情で否定した。

そういう扱いはいい加減にしてくれとでも言いたげだ。他のプレイヤーにも同じように持て囃《はや》されていて、うんざりしているかもしれない。

「初期にここに来たプレイヤーが姫って呼び出したらいつしか定着して。今じゃ元からいるＮＰＣの村民エルフも真似《まね》して姫って呼んでますよ」

「いい迷惑《めいわく》だ。性に合わんと言っとるだろうが」

騙《だま》された。姫というのはコイツの誇張《こちょう》表現だったらしい。

ほんの一瞬《いっしゅん》真に受けて慄《おのの》いちゃったじゃねえか。

いやまあ、NPC含めた皆《みな》が姫と呼んでいて、実際に集落の代表者の娘というのであれば姫と称《しょう》するのもあながち間違いではないのかもしれないが……。

「そっちはどうやってこの村に？」

エルフのプレイヤー、サーレイに聞いてみる。

向こうはこの村に入ってきた手段やリリアというエルフとの関係を気にしているようだが、気になるのは俺も同じ。

俺の立場からしてみれば、至極《しごく》まっとうな質問。それを投《な》げ掛《か》けてみた。

「種族がエルフだと同族に招かれるんです。でも手段が転移だから地理上での場所もわからないし、エルフは森の外には出られなくて」

「たとえ死徒でも、エルフはエルフ。森の恵《めぐ》みを受ける資格はすべからくある」

隠《かく》す素振《そぶ》りもなく答えてくれたサーレイに、リリアが説明を補足する。

となると、この村にいるプレイヤーはサーレイだけではなさそうだな。

加えて、招かれたエルフのプレイヤー達《たち》にもこの村の位置関係はわかっていなかったようだ。

名実ともにここは秘《ひ》められたエルフの森だったらしい。

「話は済んだか。長《おさ》に顔を見せに行くぞ」

「初耳だぞ」

「お、俺もいいですか！」

「好きにしろ。意味があるとは思えんが」

俺、知らないうちにここの村長に会いに行くことになっていたらしい。

そしてこのエルフのプレイヤーも、しれっと同行する気のようだ。

まあ悪質で横柄《おうへい》なプレイヤーでもないし、追い払《はら》うこともないか。

しかし今の俺の状態は一種のクエスト進行中だと思うんだが、途中《とちゅう》から飛び乗り参加のような真似はできるのだろうか？

そこまで含めて様子見だな。

「あの、アリマさん。この村はどの方角にあったんです？」

「大鐘楼から東に進んだらあったぞ」

「東？　封鎖《ふうさ》されてて通れないはずじゃ……」

「地下にダンジョンが見つかった。抜けたら大鐘楼の東に出る」

「なるほど、ではついに北以外の道も拓《ひら》けたんですね！」

とりあえず村をリリアの先導するまま歩きだすと、並走《へいそう》するように付いてきたサーレイが気になることを言い出した。

聞き間違いでなければ、北以外と言っていたか？

「俺は最初に地下水道に進んだんだが、元は北しか道が無かったのか」

「はい。今もほとんどのプレイヤーが北への道しか知らないんじゃないでしょうか」

となると、大鐘楼からは二週間もの期間、北に広がるエリアしか開拓《かいたく》できなかったのか。

東に進む糸口となる地下水道もドーリスが意味深に鍵《かぎ》を隠し持っていたし、何かイベントを経由していたのかもしれない。

全てのイベントを自分で目にできないのは良くも悪くもこのような新世代のＶＲＭＭＯらしさを感じるな。

だからこそ、土偶のシーラが所属するような情報収集ギルドの需要《じゅよう》が強まるのだろうが。

「僕《ぼく》は当事者じゃないですけど、北の道を開くにもイベントがあったんですよ」

「へえ、どんな」

「障害物競走みたいなものだったと聞いています」

となると、ゲーム発売直後のお祭りのようなものか。

思うに、フルダイブの世界で思いっきり体を動かして遊ばせる催《もよお》しだったのではないか。

恐らく発売直後ともなれば嬉々《きき》として手の込《こ》んだ異形種をクリエイトしたプレイヤーも多かったはずだ。

うまく体を動かせなくてのたうち回りながら走るプレイヤー達の姿が容易に想像できる。

もしかしたら動画や配信記録も残っているかもしれない。いつか見てみるのも面白いかもな。

「先頭でクリアした優勝グループは今の【スイートビジネス】ですよ！　記念品として彼《かれ》らに限定装備のスーツが配付されたんです」

「あの服装、イベント記念品だったのか」

「今やスーツがあのギルドの代名詞ですよ。保有者は漏《も》れなく中枢《ちゅうすう》メンバーですし」

どうりで。極悪《ごくあく》なピラフのスーツ姿を目にしたとき、どうにも世界観から浮《う》いた服装だと思ったんだ。

発売直後の記念のようなイベントの優勝賞品だと思えば、やや場違《ばちが》いに映る姿も特別に感じられる。

緻密《ちみつ》に練られた世界観を崩《くず》しかねない珍妙《ちんみょう》な品だが、運営のお茶目《ちゃめ》な遊び心だと思えば可愛《かわい》いものではないか。

嫌《いや》がる人もいるだろうが、自分は歓迎《かんげい》できる性格だ。

受け取った集団が気に入って、今なお制服のように着続けているというのも愛嬌《あいきょう》があっていいと思う。

もう入手手段のない記念装備だというのも、特別感を助長させるだろうし。

そういった結束の強いギルドの一体感は、つい羨《うらや》ましく思ってしまうな。

「雑談はそこまでにしておけ。長に会うぞ」

サーレイと話しながら村を歩いていると、気づけば俺たちは巨大《きょだい》な樹木のふもとまで来ていた。

長はここにいるらしい。

ド＝ロ湿地の霧《きり》についてイベントが進むのだろうが、長老とやらはどんな人物だろうか。

第十二章 ♦ 森の長老

エルフの集落の長。エルフのリリアがそう紹介《しょうかい》した人物は、村の最奥《さいおう》にある朽《く》ちた大樹の洞《ほら》にいた。

「父よ。湿原で使えそうなやつを見つけた。こいつで毒霧を調査してみる」

「おお。とうとう解決の糸口を見つけたな。苦労をかける」

「父よ、安心するには早い。この森まで腐《くさ》るのに猶予《ゆうよ》は幾許《いくばく》もない」

「なあに、心配しとらん。お前は一等優秀《ゆうしゅう》なエルフじゃ。任せておるよ」

親しみと尊敬の混じった目線で話すリリアと、にこやかに言葉を返す長老。

つい口を挟《はさ》みたくなった部分があるのだが、会話を交《か》わす二人に水を差すべきではないと判断して黙《だま》っていた。

俺が二人の会話を遮《さえぎ》りたくなった要素。

それは、この大樹の洞に足を踏《ふ》み入れてすぐ目に入った長老の容姿についてだ。

「君、名前を伺《うかが》ってもよいかな」

「……アリマだ」

「む。そういえば私の自己紹介もまだだったな。リリアだ」

「ああ」

リリアの美貌が俺を真正面に捉《とら》えるが、俺はそれに見とれている場合ではない。

エルフの森の長老の意識が俺に向いたことのほうが気になった。

長老は好々爺《こうこうや》の如き優《やさ》し気《げ》で温かい雰囲気《ふんいき》の持ち主だったが、容姿が人でもエルフでもなかった。

彼は、朽ちた大樹の内側から新たに萌《も》ゆる新芽の姿をしていた。

青々しくぷっくりとふくらんだ新芽に、人の顔が浮かび上がっている。

それはまさに、人面樹の幼体とでもいうべき姿だった。

「不躾《ぶしつけ》な質問で申し訳ないが、その姿の理由を聞いてもよいか」

「おお、森の外の者からすれば奇異《きい》に映るかの。いやはや威厳《いげん》の無い姿で恥《は》ずかしい限りじゃがな、森の主としての継承《けいしょう》から間もなくてのう」

「そうなのか。いや、ありがとう」

たまらず質問してしまったが、どうやら聞きづらいことを聞いてしまったようだ。

無知を盾に無理やり踏み込んで聞くのもできなくはないが、今後の関係性に支障をきたしそうなので追及《ついきゅう》はよした。

だが、漠然《ばくぜん》とわかったことがある。

この長老なる人物はエルフではなく、この森全体の父のようなものであること。

リリアというガスマスクのエルフとも父娘の関係のようだが、樹とエルフじゃもう血縁《けつえん》関係の捉え方《かた》がちっともわからん。

他のエルフとは何が違《ちが》う？　さっぱりなのでこれについてはもう考えない。

それから、この貫録《かんろく》のある語調からして長老は一本の樹の姿で幾度と転生のようなものを繰り返しているらしい。

この朽ちた大樹と新芽の長老は、同一人物だったようだ。ちょうど代替《だいが》わりから間もない時期だったのだろうか？

この村に自由に出入りできるエルフのプレイヤーたちからは、とっくに周知の事実だったのかもしれない。

あるいは発売間もなくエルフでゲームを始めてこの村に至ったプレイヤーならば、大樹が朽ちる寸前の姿を知っている者もいるだろうか。

だが、長老と会えるものはエルフであっても多くないように思える。

長老が生えている大樹の手前には、排他的《はいたてき》な感情を隠そうともしない近衛のような武装エルフが守りを固めていた。

娘と呼ばれたエルフの案内なしでは、非エルフの俺は通してもらえなかっただろう。

いや、それどころか有象無象《うぞうむぞう》のエルフでは接近さえできないのでは？　思い返せば、他のエルフのプレイヤーの姿もなかった。

つまりこれは、貴重な長老と話すチャンスなのかもしれない。

それを証明するように、俺と一緒《いっしょ》についてきたサーレイがこの機会を逃すまいと食い入るように長老に質問を投げ掛けた。

「あ、あの！　エルフはどうして森から出られないんです？　なぜ閉《と》じ込めるんですか？」

「うん？　君はたしかサーレイ君だね。答えるが、わしが閉じ込めているわけではないよ」

「あれっ？　そうなんですか？」

「森はエルフを愛する一方で、やや嫉妬深《しっとぶか》い。強力な恩恵《おんけい》は同時に強固な束縛《そくばく》なのだよ」

「そ、そうだったんですね……突然《とつぜん》すみません」

そういうことらしい。これが森を出られるエルフが限られるという話の中身だったようだ。

というかサーレイは長老から名前を憶《おぼ》えられているのか。

彼の反応からするに長老とは初対面じゃないようだが、ひょっとしてこのエルフの森の住人すべての名を網羅《もうら》しているのだろうか。

長として治めているだけのことはある。長老ももちろんＡＩに従って会話をするＮＰＣなんだが、こう、人格に説得力を感じるな。

さてサーレイが聞いた質問の他にも気になることはある。

他にもエルフをこの森に招待するエルフは何者なんじゃいという疑問や、プレイヤーはどうやって森と大鐘楼を行き来してんねんという疑問などだ。

しかしひとまずそれらは胸にしまっておく。

長老の言葉についてもう少し考えると、森の恩恵を振《ふ》り払えるほどの実力者であればエルフであっても森を抜けて湿原《しつげん》まで出られるということか？

しかし、もう発売二週間にもなるんだぞ。まだプレイヤーの中には森を出たエルフはいないのか。

とはいえ、このゲームは力や強さの概念《がいねん》がわかりにくい。レベルのようなわかりやすい指標がないからだ。

スキルをたくさん持っていたら強い、レアな武器を持っていたら強い……というような単純な物差しでは測れないだろうし。

まあ何かしらの隠しパラメータがあるんだろう。知らんけど。

あれ、じゃあなんでリリアは森を出られるんだ。

頭に浮かんだ疑問のままにリリアのほうを見やると、先回りするように長老が答えを用意した。

「リリアは森に迫《せま》る危機を調査できるよう、わしが森を説得したんじゃ」

「あのぅ、なぜリリアさんだけを？」

「他のエルフまで森から出すのは心配だから嫌だと森に突っぱねられたんじゃ。故に、代表としてリリアをな」

「父の仰《おっしゃ》るとおりだ。私は自力で森を離《はな》れられるほど力あるエルフではない」

確かにリリアの力量は地の利を活《い》かしたとはいえ、俺が盾ひとつであしらえる程度だった。

森の恩恵を得ていない環境《かんきょう》に慣れていなかったことや、リリアも森以外の地で戦闘《せんとう》するのが初めてで不安定な足場にまで気が回らなかったのやもしれん。

でも戦闘中に派手にずっこけるような娘を一人で森の外に出すなよ。森が心配するのもやむなしじゃねえか。

にしても、この森がエルフを囲う一種の箱庭状態だったようだ。

恩恵に与《あずか》れるエルフにとっては、森の中はかなり美味《おい》しい狩場《かりば》に違いない。

俺は幸運にも地下水道のダンジョンを悠々自適《ゆうゆうじてき》に攻略できたが、エルフのプレイヤーたちもこの森を最初の戦闘地帯として扱《あつか》っている可能性は高そうだ。

恩恵は無しにしても、俺もこの森で活動できたらありがたいのだが、いかんせん拠点となる十字架《じゅうじか》が見つかっていない。

ここのエルフたちはどうしているのかわからんが、かつての地下水道の広場や大鐘楼のように腰《こし》を据《す》えることはできないかもな……なんて思っていたら。

「おいアリマ。こっちを見ろ」

「なんだ——うぉっ」

リリアに言われて振り向いた瞬間《しゅんかん》、草木に飲《の》み込まれた十字架のシルエットの閃光《せんこう》が視界を覆《おお》う。

めちゃくちゃ眩《まぶ》しい。

「いま貴様に宿り木の呪《のろ》いを掛けた。お前は私の傍《そば》を離れ続けると死ぬし、十字架ではなく私の傍で蘇生《そせい》する」

勝手になにしてくれてんねん。

第十三章 ◆ 宿り木の呪い

「お前の息の根を止めればこの呪いは解けるのか？」
剣《けん》を抜《ぬ》きながらリリアに問う。
腐れ纏《まと》いの刀身におぞましい毒の深緑が帯びた。
エルフの姫？　長老の前？　知ったことではない。
怒《いか》りだけが理由ではない。必要だから俺は剣を抜いた。
それだけのことをこいつは仕出かした。
呪い。
その効果は、離れると死亡、かつ蘇生位置の固定。
リリアはそう言ったな。最低の呪いだ。悪辣《あくらつ》という他ない。
俺の種族特性と徹底的《てっていてき》に相性《あいしょう》が悪い。
リビングアーマーは鎧《よろい》を修復できなければ、ＨＰの上限値が下がったままになる。
俺が強力な敵に敗北した場合、脆弱《ぜいじゃく》な耐久力《たいきゅうりょく》の鉄としてリスポーンするのが俺の種族の宿命。

それを覆《くつがえ》す生命線が、エトナによる装備の祝福だった。

リリアが口にした呪いの効果が本当ならば、俺は半ば『詰《つ》み』に近い状況《じょうきょう》にされたことになる。

「まて。そんなに怒《おこ》るとは思わなかった。許せ」

「つまらん冗談《じょうだん》だな」

初めからリリアは俺を欺《あざむ》いていて、非エルフの俺を貶《おとし》める罠《わな》だったと思いたいくらいだ。

「私たちには後が無い。いつ訪《おとず》れるかもわからぬ次の誰《だれ》かを待つ猶予もない。お前がただちに霧を調査する理由を作りたかった」

「ふざけた話だ」

「傲慢で利己的なやり方だった事は認める。だが、剣を納めてはもらえないか」

固唾《かたず》を呑《の》んでこちらをじっと見るリリアに、俺は深いため息をついてから剣を鞘《さや》に戻《もど》した。

奥《おく》で長老がほっと息をついて安堵《あんど》したのがわかった。俺も頭を冷やす必要がありそうだ。

唐突にとんでもない真似をされたせいで、少しカッとなっていたようだ。

だが、剣呑《けんのん》な雰囲気はまだ落ち着かせない。

聞くべきことはまだある。

「呪いの効能はどこまで本当だ」

「ただちに死ぬことはない。蝕《むしば》みは遅々《ちち》としたものだ」

「俺にこの霧を晴らさせる為の楔《くさび》にしたかったんだな」

「ああ。だが、どうも私はやり方を間違《まちが》えたらしい」

「リビングアーマーの性質は知っているか？」

「知らん」

案の定だ。

リリアの返答に俺はもう一度深いため息をつき、生身のときの癖《くせ》で頭を抱《かか》えて後頭部を掻《か》いた。

このまま不機嫌《ふきげん》をアピールしていても仕方がないので、リリアに種族の特性を端的《たんてき》に説明してやる。

「――事情は理解した。改めて謝罪する、すまなかった」

俺からリビングアーマーという種族の概要《がいよう》を聞いたリリアはすぐさま自分の悪手と短慮《たんりょ》を認め、素直《すなお》に俺に謝罪を寄越《よこ》した。

リリアも打算はあれど、そこに悪気はなかったんだろう。

もっとも巻き込まれるこちらからしてみれば、悪気の有無《うむ》など知ったことではないが。

とりあえずエトナの元に転移しても即死《そくし》するような呪いではないのが分かってよかった。

それならまあ、何とかはなる。もちろん不条理に呪いを掛けられた事に対する怒りは消えないが……。

ひとまず、ここは俺が寛容《かんよう》にならなくては話が進まないだろう。

「すまんのう。しくじってとんだお転婆に育ってしもた」

「頼《たの》むぜ爺《じい》さん……」

リリアと共に長老の方からも謝罪を受け取る。やんちゃがすぎるぞ、あんたの娘さん。

「で、解呪の手段は？」

「術者の死亡か、目的の達成によってのみ失われる」

「そうか。なら最初と変わらんな」

その二択《たく》なら、どちらを選ぶかは決まっている。

リリアを殺《あや》めるつもりは、もうない。

とんでもないことを仕出かしてくれたが、元々協力するつもりでこの森まで来たんだ。

エトナの元に戻れるんなら、それでいい。

呪いの件は一旦《いったん》水に流そう。

「いいのか？」

「乗り掛かった舟《ふね》だしな。呪いがなくとも、協力はしていた」

「私は少し、必死になりすぎていたようだな。これに懲《こ》りて、下らん企《たくら》みはもうしないことにする」

「そうしろ」

冷静に考えて、呪いってお前。

一度許した俺が言うのもなんだが、やっぱりやってることヤバいよ。

「謝罪も兼《か》ねて、改めてエルフの村を案内したい。まだ私を信用してもらえるか？」

「まあ、頼む」

リリアの不安げな申し出。やや迷ったが、俺はそれに乗っかることにした。

本人もミスを自認《じにん》しているようだし、反省もしている。

それに村の中はまだ見て回れていない。入って長老のもとまで一直線だったからな。

街巡りは大鐘楼で行ったばかりだが、エルフの村ともなれば他にない特産品に期待できるだろう。村の者の案内があれば、一層捗《はかど》るのは間違いないしな。

それに、リリアのずっとキリッとした凛々《りり》しい表情を保っていた顔立ちも、今となっては眉が八の字に垂れ下がっていてしゅんとしてしまっている。

挽回《ばんかい》のチャンスをくれてやるのも、許す側の度量ではないだろうか。

第十四章 ◆ 武器屋には立ち寄らない

「本当に良かったのか？　武器屋に行かなくて」

「事情があってな。おいそれと足を踏み入れられない」

リリアの案内のもと村を巡ったのち、俺たちは再び湿地《しっち》へと戻ってきた。

エルフの村は大鐘楼と比べると素材類のショップが充実しており、モンスターの素材や薬草類のバリエーションが一目でわかるほど勝っていた。

本音を言うと一番見たいのは間違いなく武器屋なんだが、俺は装備絡《がら》みでエトナとトラブルを起こしたばかり。

舌の根も乾《かわ》かぬうちにまた他の装備にうつつを抜かしていたら、今度こそエトナから雷《かみなり》を落とされる。

故に俺は断腸の思いでリリアの紹介する武器屋には立ち入らなかった。が、店の場所は暗記してある。

それはそれとして、あとで来るかもしれないからな！

そういえばなんだが、村巡りの際には俺《おれ》が剣を抜いた際の一部始終をおっかなびっくり観察していたサーレイもちゃっかり同行してきた。

多分サーレイの目的はエルフが森から出られない理由を長老の口から聞き出すことだったと思うんだが、俺が剣を抜いて場を乱したことで言いたいことができたらしい。

特に買い物の手伝いというわけでもなく、とにかくリリアに剣を向けたことに対する恨《うら》み言のようなものを聞かされた。

エルフのプレイヤーからすれば、やはりリリアはマスコット的存在だったようだ。

それをよもや殺害など、とんでもないことを考えるなと説教じみたことを言われた。

うーん、客観的に見たら俺の立場はかなり同情的だと思うんだがなぁ。

まあサーレイがあちら側に加担するのは、彼がエルフである以上当然なんだが。属しているコミュニティ的にもな。

だが、こちらにも譲《ゆず》れない事情がある。そこまで言うなら、万が一の際にはサーレイが止めに入れば良かったと思うんだが。

しかし実際のサーレイはあのとき無言のまま不干渉を貫《つらぬ》き、自分の存在感を全力で薄《うす》めにかかっていた。

荒事《あらごと》に不慣れな性格なんだろう。彼はああいうピリついた空気を感じると縮こまってしまう性格のようだった。

一応、俺もどちらかというとそちら側の人間なんだがな。

自分がお人好《ひとよ》しである自覚はあるが、それだって駅前で配られるポケットティッシュをかろうじて拒《こば》める程度には自分を持ってる。

今回ばかりは自分が不義理を働かれた当事者というのもあって、物怖《ものお》じせず己の意見を主張できた。

事が終わってから好き勝手言うサーレイにはちょっと卑怯《ひきょう》じゃないかとも思ったが、やり方が人間臭《にんげんくさ》すぎていっそ微笑《ほほえ》ましくなったので広い心で全て聞き流した。

途中、リリアと親密な関係になりたいのか隙《すき》を見つけては声を掛けるも、悉《ことごと》く冷たくあしらわれ続けて凹《へこ》んでいた。

あの感じ、おそらく種族がエルフかそうでないかで好感度に差があるのではないか？

むしろ同族のエルフにこそ好感度が高いのではと思いがちだが、リリアはプレイヤー達から姫だなんだと持て囃される事に辟易《へきえき》した様子だった。

種族で判断しているのではなく、自身を特別な立場として敬われるのを嫌《きら》っているのかもしれないな。

であれば、出会いがしらに交戦して文字通り泥《どろ》を塗《ぬ》った俺への好感度がある程度ありそうなのも頷《うなず》ける。

いや、彼女の態度が一貫《いっかん》してつっけんどんなのでこれを好感のある態度と称していいのかはわからんが。

サーレイは結構前からリリアに白い目で見られているのにも気づいていなかったようだし、あいつはなんというかこう、憎《にく》めないやつだな。

性根《しょうね》が悪人でないとわかるからなのか。

いや、俺の人を見る目が麻痺《まひ》している可能性もあるが。

その後、結局サーレイとは森の入り口で別れた。どのみち彼は森から出られない。

今回の湿地の霧調査には同行できないので、しぶしぶ村に残ることにしたようだ。

あとはリリアとペアで、行きと同じように森を中を突《つ》っ切ってきた。

道中はリリアの強力なナイフ投擲《とうてき》によってもはや散歩同然。

現れては断末魔《だんまつま》の声を上げてポリゴン化していく敵がいっそ哀《あわ》れだよ。

「此度《こたび》は本格的な調査に備え、マスクのフィルターも十分用意してある」

森を抜け湿地に辿《たど》り着くと、リリアはその麗《うるわ》しい貌《かお》を自慢《じまん》げに取り出したガスマスクで覆った。

うーむ。やはり亜麻色《あまいろ》のローブも相まって、かなり不審《ふしん》な恰好《かっこう》に変貌《へんぼう》するな。

やんごとなき令嬢《れいじょう》のような麗姿《れいし》が、一瞬で悪の組織のザコ研究員のようになってしまった。

いやだが、そのマスクの下は超絶《ちょうぜつ》美人の高圧的ドジエルフだ。これはこれで良いという人もいるかもしれない。

ところで森を抜ける時に聞いた話だが、このガスマスクは彼女が自分で手作りしたものらしい。

蔓延《まんえん》しだした毒ガスの存在を知り、試行錯誤《しこうさくご》の末にようやく完成したものだという。

それまではガスの内部には近づくこともできなかったというから、エルフたちの対応が遅《おく》れてしまったのもやむなしか。

そういうわけで、彼女は見た目に似合わず意外と手先が器用らしい。そういえば武器にも繊細《せんさい》な扱いを要求するレイピアを使用していたし、投擲するナイフも百発百中。

リリアはそもそもかなり技巧《ぎこう》に偏《かたよ》った性質だったのかもしれない。

ひょっとしたら、ガスマスクの他にも工作品を持っているかも。より親密になったらそういうのを教えてくれる日が来るかもな。

だが、今はまずこの湿地を覆うガスの調査からだ。

「俺の鎧が著《いちじる》しく損壊《そんかい》すれば、撤退《てったい》も考慮《こうりょ》する」

「認めよう。だが修復する当てがあるのか？　やはり大人しく私の勧《すす》めた店で予備の装備を買っておくべきではなかったのか」

「好意はありがたいが、腕利《うでき》きの鍛冶《かじ》師が協力してくれている」

「ならば良いんだが……うっ」

「おい、気を付けろ」

リリアが足を滑《すべ》らせて転びそうになったのを、腕《うで》を引っ張って留《とど》めてやる。

おいこいつ本当に大丈夫《だいじょうぶ》なのか。何もないところで転びそうになってるじゃねえか。

もしかして、森を案内してくれたときと打って変わって戦闘面での助力は期待しない方が良い感じか……？

初対面の戦闘でも派手に転んで大きな隙を晒《さら》していたくらいだ。

味方になった今も同じことが起きると思っておいたほうが良いか。

「くっ、森と勝手が違いすぎる。防滑《ぼうかつ》の靴《くつ》も作っておくべきだった」

姿勢を立て直したリリアが、俺の腕にしがみつきながら再び歩き始める。

お化け屋敷《やしき》に挑《いど》むカップルのような構図になってしまった。あんまり強く腕を引くと腕《わん》甲《こう》が引っこ抜けちゃうからやめてくれよな。

リリアの足取りは今もややおぼつかない。ただ歩いているだけなのに今にも足を取られてずるっと転びそうだ。

これって森とかエルフとか関係なしにこいつがドジなだけなんじゃないのか？

ここからはリリアの護衛任務という側面もありそうだな。だって戦闘が始まったら絶対に転んで敵の前で隙を晒すもの。意欲的に戦闘に参加してくる分、いっそ厄介《やっかい》かもしれん。

まあ、どうにかうまく付き合うしかあるまい。

ともあれ、まずは向かう場所を決めたいところだが。

「この霧の原因に心当たりはあるか」

「無い。そもそもこの地に足を踏み入れたのも数えるほどだ」

「なら適当に歩いてみるしかないか」

俺もこの湿地にはまだ詳《くわ》しくないので、目印も手がかりもゼロだ。

濁《にご》り水《みず》と数える程度に交戦しただけで、フィールドの広がり方もさっぱり。

このエルフと仲良く霧の中を彷徨《さまよ》うしかなさそうだ。

ドーリスからマップを受け取っていたのが不幸中の幸いだな。

これを埋《う》めるように探索《たんさく》をしていれば迷子にもならないし、なにかしらは見つかるだろ。

「わぁっ！」

「おい引っ張るな！」

ただ、こいつとうまくやっていけるか俺不安だよ……。

第十五章 ♦ エルフの力

ようやく始まった湿地《しっち》探索《たんさく》。前回は湿地に踏み込んですぐこのずっこけエルフの邪魔《じゃま》が入ってしまったからな。

いや邪魔が入っているという意味では今もまだそうなのかもしれないが、今は敵対関係ではないのでセーフ。

気ままな一人探索はできなくなってしまったが、ようやっと本格的な調査ができるぞ。出現する敵は、今のところ濁り水のみ。リリアには手出しさせずに俺の腐れ纏いで秒殺している。

「恐《おそ》ろしい武器だな」

のたうちながら死滅《しめつ》していく濁り水を見たリリアが息を呑んだ。

やはりそういうリアクションが普通《ふつう》だよな。毒を纏う武器を用いるというのは、外道《げどう》な手段だ。

プレイヤーの立場からしてみれば、毒なんて武器の属性としてありふれたものだが、世界観に根差した住人の視点だと忌諱《きい》感があってもおかしくない。

ましてや、彼女《かのじょ》は俺からこの武器を向けられたのだ。あの時点で俺は彼女に対し剣を使う予定は無かったが、リリアはそんなこと知る由もない。

あれ、ひょっとして毒武器の使用って好感度下がる？

これは参った。でもこればっかりは容認《ようにん》するしかなさそうだ。刃薬で代替《だいたい》可能とはいえ、運が絡《から》むやり方は滅多《めった》に使いたくないし。

「毒は卑怯か？」

「そうは言っていない。使える手段は全て用いるべきだ」

「そうか。お前さえ気にしなければ、こちらも好き勝手させてもらうが」

「そうしろ。見栄《みえ》も名誉《めいよ》も捨て置け。死んで晒す屍《しかばね》に価値などありはせん」

気を悪くしたのかと思って聞いてみれば、リリアから飛び出してきたのは好意的な意見。

あるものは全て使うべきというのが、エルフとしての彼女の流儀《りゅうぎ》のようだ。

それが森の中で自然に紛《まぎ》れて生きるエルフの価値観なのかもしれないな。

外面を気にして手札を棄《す》てるなど、愚鈍《ぐどん》という他ない——とリリアの顔に書いてある。

表情はガスマスクで覆われていても、全身から醸《かも》し出す雰囲気からしてそういうメッセージを感じる。

普段《ふだん》から表情筋が死滅しているエトナと会話している俺からしてみれば、ガスマスク越《ご》しだろうが言葉の裏の感情くらい容易《たやす》く読み取れるわい。

彼女のことだ、どうせ今もこのエルフはガスマスクの下でむすっとしたしかめっ面《つら》を常に浮《う》かべているんだろう。

ぶっちゃけ、リリアは考えていることがかなりわかりやすい。

ある意味とても真っすぐな人物なんだろうな。

にしても、これはいい経験になった。今まで思いもしなかったが、ＮＰＣの中には毒のような横道を嫌悪《けんお》する人物もいるかもしれない。

初対面で人となりの知れない者と会うときは、この腐れ纏いは隠《かく》しておいた方が今後の為《ため》になるだろう。

「ところで、リリアはどうやって濁り水を始末していたんだ？」

ふと、個人的に抱《いだ》いていた疑問をリリアに投《な》げ掛《か》けてみた。

ひとりでこの湿地を歩いていたからには、この水どもをどうにかできる手段があると思った。

だが、この水たちは物理的な攻撃《こうげき》手段ではとんと歯が立たない。

やつらに対抗《たいこう》するために、なんらかの属性攻撃手段を持っているはずだ。

「エルフが先天的に適性を持つドルイドの力を利用した」

「すまん、さっぱりだ。詳しく教えてくれ」

リリアは俺の質問にあっさりと答えてくれたが、見知らぬ単語が飛び出してきたためまるで理解できなかった。

なんだそんなことも知らんのか、とでも言いたげなオーラを放つリリア。

だが、すぐに俺の為に分かりやすくその説明を始めてくれた。

「平たく言えば、自然の力を借りる魔法《まほう》だ。樹木《きぎ》や植物の助けによって力を得る」

「なるほどわかりやすい」

「お前に散々見せた投擲ナイフもドルイドの術によって生み出した力だぞ」

リリアが指を鳴らすと、手元に緑色の結晶《けっしょう》が露出《ろしゅつ》した木片《もくへん》が生み出された。

彼女が森を案内してくれたときに幾度《いくど》となくモンスターを一投一殺していたナイフと同じものだ。

ドルイドとは、要するに自然魔法とか植物魔法的なものらしい。

「おい、丁度よく濁り水が出た。実演してやる」

霧《きり》の向こうからにょきっと姿を現した濁り水に気づいたリリアは、俺の返事も待たずに濁り水目掛《めが》けて木片のナイフを投擲した。

すると、ナイフの突き刺《さ》さった濁り水はみるみる内にその体積を減らしていき、とうとう干《ひ》からびてしまった。

あとには、見覚えのある花が一輪だけ。

「……なるほどな」

それを見て、俺は納得《なっとく》した。

これ、地下水道のボス戦で俺の剣に咲《さ》いたのと同じ花だ。

あの時の刃薬の効果、ドルイドの力だったのか。思わぬところで答え合わせができたな。

となると、ドルイドの力には生命力を吸収する力があると思ってよさそうだ。

……にしても結構おっかないな。見た目が緑で自然の温《ぬく》もりを感じるが、やってることは毒に負けず劣《おと》らずえげつないぞ。

「足場が悪くて動きにくいのに、視界すら悪い。やりづらすぎる！」

ドルイドの力に感心していた俺をよそに、リリアは一人憤《いきどお》っていた。

俊敏《しゅんびん》な動きや正確無比な投擲がリリアの持ち味なんだろうが、このド＝ロ湿地と相性が悪すぎる。

ぬかるんだ足場と濃霧《のうむ》で長所がすべて潰《つぶ》されている。彼女のドジを差し引いても、やはり森の時のように彼女に頼《たよ》ることはできなさそうだ。

なんて思いながら湿地を進んでいると、やがて見慣れぬ形の影《かげ》が霧の向こうに浮かび上がった。

それはこちらに近づくにつれ、ブブブブ、と耳障《みみざわ》りな羽音を撒《ま》き散らしていることがわかった。

「新手だな」

それは、巨大《きょだい》なハチの姿をしていた。

ネズミ、コウモリと続いて今度は虫かぁ。

俺が戦う敵こんなんばっかりだ……。

第十六章 ◆ 蜂の意図

現れた巨大な蜂《はち》と向き合い、戦闘の構えを取る。

ギラつく黄色と黒のコントラストが映《は》える警戒色《けいかいしょく》は、現実世界のスズメバチによく似ている。異なるのはその複眼が血のような真紅《しんく》であることだろうか。

あとはサイズ。人間の子供くらいはある。

見た目はとにかくデカい蜂。たったそれだけなんだが、だからこその生理的嫌悪感を呼び起こす。

身体を構成する甲殻《こうかく》がもっとこう、ギザギザとした輪郭《りんかく》で各所がゴツゴツしていればファンタジー感があっていいものを、シンプルにデカいだけなのが生々しさを感じて怖《こわ》い。

だが体表に硬質《こうしつ》な気配はない。俺の剣でも刃が通るか不安に思う必要はなさそうだな。

しかもこの蜂、一見すると武器が尾《お》の針しかなさそうだ。鎧に身を包む俺なら相性は良いんじゃないか？

いや、リリアを連れている以上もっと慎重《しんちょう》になるべきだな。毒なら俺には効かないが、酸のようにふれたものを溶《と》かす性質があるかもしれない。

俺が考えを巡《めぐ》らせる中、蜂は空中で浮遊《ふゆう》したまま動きを止めてこちらの様子を窺《うかが》ってい
る。

先手を譲って情報を収集しようかとも思ったが、向こうが見に徹《てっ》するならばこちらから
打って出てしまおうか。

そう思った瞬間だった。

「ヴヴヴヴヴ」

蜂がより強く翅《はね》を震《ふる》わせて音を立て始めた。

ただならぬ様子にすわ攻撃かと体は身構えたが、しばし待ってみても何も起こらない。

ヴヴヴ……と羽ばたく音が湿地に広がるのみ。

「おい、様子がおかしくないか」

「……敵ではないのか？」

「なにかを訴《うった》えかけているようだが……」

いっそ無機質にすら思える蜂の真っ赤な複眼からは、なんの感情も意図も読み取れない。

普段エトナと意思疎通《そつう》している俺でも限度というものがある。流石《さすが》にこれは不可能。

あきらかに尋常《じんじょう》な蜂ではないのだが……。

「おい。村に戻るぞ」

「なんだって？」

「虫の言葉を聞ける奇人《きじん》が村にいる。力を借りてみよう」

「……わかった。引き返そう」

ようやく湿地攻略《しっちこうりゃく》かと思いきや、またしても足踏《あしぶ》みか。

だが、リリアの言葉には賛成した。攻撃してこない敵と遭遇《そうぐう》するのは初めてだし、リリアと湿地にきたとき限定のイベントのように思える。

この状況、俺一人であれば間違いなく問答無用で撃破《げきは》していた。リリアが一緒《いっしょ》でなければ絶対に取らなかった選択肢《せんたくし》だ。

これが正しいかはわからないが……まあ、物は試《ため》しだな。

今なおヴヴヴと羽音を立て続ける巨大な蜂に背を向ける。一応警戒《けいかい》してみたが、不意打ちしてくる気配はない。

蜂の挙動を不気味に思いつつも、俺たちは来た道を引き返した。


「ここだ」

再び舞《ま》い戻ってきたエルフの森。森の中はリリアが無双《むそう》できるから往復になんの苦もない。俺の立ち位置だとただ通過しているだけだ。

戻ってきてから案内されたのは、村のはずれ。ほとんど村からはぐれているような片隅《かたすみ》だ。

そこに構えられていたのは鋼鉄を打ち重ねた、金属製の研究所だった。

ありのままで残る自然を傲慢《ごうまん》に食い散らかすような冷たい鋼の基地。

神秘的な緑の調和を崩《くず》すことになんの忌憚《きたん》も遠慮《えんりょ》もなく、我《わ》が物顔《ものがお》で森の一角を占拠《せんきょ》している。

「村の外れにこんな施設《しせつ》があったのか」

「我々は樹木を尊び、金属を厭《いと》う。外の者にこんな忌《い》まわしいもの紹介《しょうかい》できるか」

こんな特殊《とくしゅ》な建物があるなら教えてくれればよかったのにと思ったのだが、リリアの表情は苦々しい。

エルフとしては村のすぐ近くにこんな鉄まみれの建物があるのは許容しがたいらしい。

確かにドルイドが自然信仰《しんこう》の魔法だとすれば科学技術を象徴《しょうちょう》する鉄などは仇《かたき》のようなものなのか。

あの蜂との遭遇がなければ、この施設の存在はずっと知らないままだったかもしれん。

「入るぞ」

リリアがノックも無しに鉄の扉《とびら》を開けて押《お》し入る。何度か躊躇《ちゅうちょ》してようやっとノブを掴《つか》んだ手は、接触面《せっしょくめん》を少しでも減らそうと指だけでつまんであった。

リリアに続いて施設の内部に踏《ふ》み込《こ》むと、中はまさに鉄錆《てつさび》くさい工場のような場所だった。

用途《ようと》の不明な工作機やジャンクパーツが無造作に転がり、染《し》み込んだ油の香りが匂《にお》い立つボロ布がそこかしこに散らかっている。

メーターの取り付けられた計器類や、太いケーブルが幾重《いくえ》にも絡まった機材に始まり、赤錆《あかさび》に覆《おお》われた歯車やシャフトなどなど、エルフの森からもっともかけ離《はな》れた要素がこの施設の中にはこれでもかというくらい押し込まれていた。

「あら、客人？　だれかしら。というかエルフがここに近づくはずもないのだけれど……」

来訪者に気づいたか、この建物の主が訝《いぶか》しげな声を上げてのろのろと顔を出しに来た。

油と煤《すす》と鉄の匂いを漂わせながら現れたのは、だぼつく作業着のズボンを穿《は》いた女。

上半身には黒いタンクトップを着用しており、胸元《むなもと》は女性らしさを象徴するように豊かに持ち上げられていた。

ウェーブのかかった金髪《きんぱつ》を肩《かた》まで伸《の》ばしているが、酷《ひど》く汚《よご》れてくすんでいる。

褪《あ》せてなお流麗《りゅうれい》な金髪や露《あら》わになったすらりと長い腕の白さ、その美貌《びぼう》からして彼女もエルフだと思われる。

怪訝《けげん》な顔で出てきたそいつは、リリアと俺を視認《しにん》すると都合が悪そうに片手で頭を押さえた。

「あら、リリア。とうとう追放命令？　その隣《となり》の物騒《ぶっそう》な恰好の人で武力行使ということかしら」

「ダメだ。やはり臭《くさ》すぎる」

が、リリアはそいつに返事すらせずガスマスクを取り出して装着した。

……よっぽどこの鉄の匂いがダメらしい。

「紹介しよう。こいつが忌まわしき機械屋、シャルロッテだ」

第十七章 ◆ 機械屋シャルロッテ

「なに？　事情がさっぱりなんだけど。とりあえず見ればわかると思うけど、わたしはこういうエルフだから」

リリアの紹介したシャルロッテなる人物は、鉄と油に塗《まみ》れた自らの姿を恥《は》じもせず、女性らしさとエルフらしさの全てをかなぐり捨てていた。

ウェーブのかかった金髪を肩まで伸ばしているが、煤のようなもので黄金の髪《かみ》のあちこちに黒が混ざってしまっている。

リリアは一般的《いっぱんてき》に想像されるエルフの要素だけで構成されたようなお手本エルフだったが、こいつは個性が突き抜《ぬ》けてるな。

ＮＰＣといえど種族的な固定観念に収まるやつと囚《とら》われないやつがいるということを、このシャルロッテなるエルフは証明していた。

「貴様は理解していないようだが、エルフからすれば金属など爛《ただ》れた屍肉《しにく》のようなものだ」

「なんだって？」

「あるいは蟲《むし》。死血。腐敗《ふはい》。そういうものに言い換《か》えたっていい。とにかく本能的にどうしようもなく忌諱するものだという認識《にんしき》で構わん」

じゃあめちゃくちゃヤベーやつじゃん。それ聞いて一気に印象が変わったわ。

エルフの金属嫌《ぎら》いってそんなレベルなのかよ、甘《あま》く見ていた。

「うん？　俺の鎧《よろい》も金属だがそれは平気なのか？」

「お前は問題ない。金属の質が劣悪《れつあく》だからな」

あ、そうなんですか。

おかしいな。貶《けな》されているような気がする。

ゲーム開始直後からずっとお世話になってるこの初期装備の鎧、金属の質が劣悪なんだ。普通はお前は特別に平気って言われたら喜ばしいことだと思うんだけどな。

こういうときどんな反応すればいいかわからねえや。

まあそれはさておき、種族にエルフを選択《せんたく》したプレイヤーもその感覚をゲーム内で保持しているはずだから、この近辺にエルフのプレイヤーですら近寄らないのはそういう理由か。

リリアも立ち入るのにガスマスクを着用するわけだ。それくらいエルフにとって金属の気や匂いは忌み嫌うものなんだな。

そんな金属をかき集めて建物にするようなエルフなんて、同族からしてみれば悪夢みたいなもんか。

リリアはシャルロッテを忌まわしき機械屋と紹介していたが、まさにその通りだったようだ。よそから来た人物に教えたがらないのも当たり前だな。

「いいか、シャルロッテは変わり者ではなく異常者だ。勘違《かんちが》いするなよ」

「わざわざ外から来た人にそう紹介しに来たの？　普通に不快なんだけれど」

リリアに堂々と異常者呼ばわりされたシャルロッテはもちろん不機嫌《ふきげん》そうだ。

とりあえずここで狂《くる》ったように高笑いを始めるようなマッドな人物ではないらしい。

むしろシャルロッテのリリアとの受け答えは至って普通。

『金属を厭わない』という一点のみが異常なだけで、それ以外は通常のエルフと変わらなそうだ。

その一点が異常すぎるが故に、こんな扱《あつか》いを受けているのだろうが……。

シャルロッテは異常者らしからぬ落ち着いた雰囲気《ふんいき》で、理知的な振《ふ》る舞いすら見せている。

その言動も相まってシャルロッテにはストイックな研究者のような印象さえ抱く。だがその風貌《ふうぼう》はタンクトップ一枚で機械汚れを被《かぶ》った現場作業者的。

こう、スパナ片手に自動車の下に体を突っ込んでいそうな。

だがしかしシャルロッテもまたエルフの例に漏《も》れず輝《かがや》かんばかりの美貌の持ち主。

顔が黒い煤まみれに汚れていても美人らしさはちっとも損《そこ》なわれていない。

見た目と口調とやってる事が全然一致《いっち》しなくて頭がバグりそうだ。なんなんだこいつ。

インテリ現場イレギュラーエルフとでも称《しょう》そうか。

「あなた、外から来たんでしょう？　名前は？」

「アリマ」

「機械工房《こうぼう》都市ランセルって知ってる？」

「知らん」

「使えないわね」

いやーやっぱこいつエルフだわ。

エルフってこうなんでしょ？　って感じのエルフ。

この高圧的な感じといい、物を知らない相手への礼の欠き方といい。

精神的な余裕《よゆう》のないときにエルフと会話したら堪忍袋《かんにんぶくろ》の緒《お》が千切れ散らかしそうだ。

そんでまた新しい固有名詞が出てきたな。機械工房都市とは、これまた一般《いっぱん》のエルフが嫌いそうな概念《がいねん》全開の文字列だが。

「お前が金属を扱う理由と関わりがあるのか」

「まあね。どこかにあるっていう、古代魔法の理論体系に比肩《ひけん》するクラスの複雑な機構を組み上げる超技術《ちょうぎじゅつ》を保有した街よ。まぁ、あなたには関わりなさそうだけど」

「街は知らんが、そこの産物はたぶん見たことあるぞ」

「もっとまともな嘘《うそ》をついて頂戴《ちょうだい》。あなたみたいな旧態依然《きゅうたいいぜん》とした鎧ヤローに縁《えん》があるわけないでしょ」

「高速で回転する削岩機《さくがんき》みたいなやつだった」

「……詳しく聞かせなさいよ」

ハエでも追い払《はら》うようにしっしと俺目掛《おれめが》けて手を払っていたシャルロッテだが、俺が何かを知っているとわかると居心地《いごこち》が悪そうに態度を変えた。

初めが突き放《はな》すような語調だった分居心地が悪そうだが、その目は興味に輝いている。

未知への好奇心《こうきしん》を抱く学者然とした目つきだ。でも首から下の服装が町工場の現場オヤジなんだよな。

それはさておき、つまりランディープが振るっていた機械槌《づち》がその機械工房都市の産物ってことで間違《まちが》いないはず。

なにせ剣《けん》と魔法のファンタジーの世界観の中で、あの武器だけ露骨《ろこつ》にオーバーテクノロジーだったからな。

一目見た時からなんちゅう武器もってやがんだと仰天《ぎょうてん》したからしっかり覚えてる。

シャルロッテの反応を見るに、やはりあれは一般に普及《ふきゅう》した技術ではなく一部の特殊な武器だったたか。

「その削岩機はどんなだった？」

「螺旋溝《らせんみぞ》の入った円錐《えんすい》が高速回転する機械だったぞ」

同じ価値観を共有するプレイヤーならドリルっていえば一発で伝わるんだが、相手がエルフだと伝達できるか怪《あや》しいので見たまんまを言う。

外観だけの情報だが、それを聞いたシャルロッテは望む答えを得られたようで満足げにしていた。

「そう。私の知らない型だわ。ええ、ええ。それが聞ければ充分《じゅうぶん》だわ。……やはり、金属で装置を構成する場合において回転機構はそもそも魔法を用いた場合よりも遥《はる》かに有用性が――」

「話は済んだか？　私たちは頼《たの》みがあってここを訪《おとず》れた」

「ああリリア。いたわね、そういえば」

口元に手をやって思考の海に潜《もぐ》ろうとするシャルロッテだったが、それを阻止《そし》するようにリリアが話を持ち込んだ。

リリアはずっと一刻も早くここを立ち去りたそうにしていたからな。単刀直入に本題を持ち出せる会話の隙をずっと窺っていたんだろう。

すぐに用事を済ませたいリリアの都合を汲《く》んでか、思考を阻害《そがい》されたシャルロッテは気を悪くした様子もない。

この金属に囲まれた基地が多くのエルフにとって居心地の悪い場所だというのは彼女も理解しているのだろう。

「とりあえず聞くわよ。機嫌《きげん》もいいしね」

「蜂と会話できる絡繰《からく》りがあっただろう。あれを借りたい」

「ああ、前に群れを追い払うのに使ったやつ。また襲《おそ》ってきたの？」

「いや……今度は様子がおかしくてな。真意が知りたい」

「ふぅん。ま、いいわよ」

許された。

蜂と会話できる機械を借りられるようだ。

これ、もしかしてなんだが機械工房都市ランセルにまつわる情報を俺《おれ》が何一つ知らなかった場合はここでイベントが停滞《ていたい》していたっぽくないか？

さ、さんきゅーランディープ。

「シャルロッテは私の師だ。手先の使い方も彼女に習った」

「ほう」

シャルロッテの協力を取り付けて再び湿地《しっち》に舞い戻《もど》る道すがら、リリアは俺にシャルロッテとの関係を語ってくれた。

「私の毒霧を防ぐマスクも彼女の力を借りて作ったものだ。ものを作ることにかけては、この村で右に出る者はいないだろう」

「素晴《すば》らしい人物じゃないか」

「金属を好みさえしなければ、だ。あれさえなければ彼女だって村で持て囃《はや》されているさ、私などより遥かにな」

会って話した感じだけなら、奇人変人って印象はなかったんだけどなぁ。

いや、でもリリアの話じゃ金属を忌み嫌《きら》うのはエルフにとって避《さ》けようもない本能のようなものだというのに、厭いすらせずむしろ好き好む。

そりゃあどんなに有能だとしても、エルフの集落の中に居場所はないか。

一見普通の人物なのに、根本的な部分で異常をきたしている。

エルフとしての共通認識、誰《だれ》しもにとっても当たり前ともいえる常識。

その一部が致命的《ちめいてき》なまでに欠落している。それが、以前シャルロッテに抱いた総合的な印象だ。

「そもそもシャルロッテは卓越《たくえつ》した魔術師《まじゅつし》だった。ドルイドではなく魔道《まどう》の道に進んだ研究者。彼女は聡明《そうめい》だったよ。村には彼女の発明したマジックアイテムが今でも多く使われている」

「ではなぜシャルロッテは機械に傾倒《けいとう》するようになった？」

「嫌《いや》なことを聞いてくれる。思い出したくもないことだ。……ある日、森から不可解な機械構造体が出土し、シャルロッテはそれに魅入《みい》られた」

そう話すリリアの表情は、複雑だ。

「お前たちの価値観で例えるなら、尊敬していた恩師が突如《とつじょ》気色悪い蟲の卵に寄生されて帰ってきたようなものだ。それも、本人は極度に興奮して嬉《うれ》しそうにしながらな」

うわエグ。

そりゃ思い出したくないわな。嫌なことを聞いてしまったか。

俺の視点だとシャルロッテはただの機械弄《いじ》りしてる金髪のインテリねーちゃんでしかないが、生粋《きっすい》のエルフが見ればその姿のおぞましさは想像を絶するだろう。

これはまた、エルフが根本的に価値観を異にする異種族というのを強く感じる出来事だな……。

機械や金属にそこまで強い嫌悪感を抱くというのは、俺の感覚だとちょっと想像するのが難しい。

種族にエルフを選択していれば強く共感できるようになるのかもな。

「シャルロッテも今や村の鼻つまみ者。彼女もそれを良しとしているようだが……それでも、私の恩師だ。なあ貴様、シャルロッテの力になってやってくれないか」

「俺は滅多に頼みを断らない」

「そうか。……助かる」

エルフから見たシャルロッテは金属マニアのやベーやつかもしれないが、俺の視点ではただの機械油の臭《にお》いが染みついた鉄粉まみれのお姉さん。

俺の交友関係からしてみれば、余裕で常識人の範疇《はんちゅう》に収まる。シャルロッテと友好的な関係を結ぶのに何の否《いな》やもない。だいたい、貴重なＮＰＣイベントのフラグを自分から進んで折るプレイヤーは滅多にいないだろう。

まして再現性の低いこの一期一会《いちごいちえ》の世界。『いいえ』を選んだ場合の分岐《ぶんき》を確かめる方法がないのなら、とりあえず『はい』を選ぶのが普通だ。

世界を救ってくれますかという質問にふざけていいえと答えられるのは、それが一度きりの選択ではないと高を括《くく》っているからだ。

このゲームじゃあ自分の選択に取り返しが付かないかもしれないんだから、俺は興味本位で馬鹿な真似《まね》はしないぞ。

ところで気になるのは、シャルロッテが口に出していた都市の名前。

「機械工房都市ランセル、とかいったか？　リリアは何か知っているか」

「詳《くわ》しいことは何も。ほとんど伝説だな。健在なのか滅《ほろ》びているかさえも不明だ。各地に点在する遺物がその存在だけは実証しているようだが」

ふむ。肝心《かんじん》の街がどこにあるかはさっぱりだが、そこで生み出されたと思《おぼ》しき物品が各地に散っているんだな。ランディープがどこで入手したかはとんと不明だが、ああいう時《じ》代錯誤《だいさくご》なマシーンがこの世界にも点在していると見てよさそうだ。

もしかしてだが、忘我《ぼうが》サロンで契約《けいやく》すればシャルロッテの元にランディープを連れていくことも可能か？

ランディープへの毒対策やそもそも他人に機械槌を見せる行為《こうい》をランディープが許可す

るかなど問題は山積みだが、検討する価値はありそうだ。

伝説の街、機械工房都市ランセル。手がかりは一切《いっさい》ないものの、名前からして興味をそそられる。いつか足を踏み入れたい。

実在すら危《あや》ぶまれるとはいえ、名前がでてきたということは残骸《ざんがい》やら伝説の原型やら、何かの形でこの世界に存在しているはずだ。

となると、ドーリスとも協力して見つけ出したい。これは自分で見つけた初めての目標かもしれないな。

至瞳器《しどうき》の探求などは人に言われてじゃあ俺も、と流されるように見つけた目標だった。

だが、機械工房都市ランセルを探すことは俺自身の興味の割合が多い。

一体どんな街なんだろう。想像するだけで楽しみだ。

とはいえ、その目標はまだ優先できない。

ひとまずはこのエルフの森を侵《おか》そうとするガスの調査と根絶が第一だ。

「さて、現れたな」

そうこう話しているうちに、俺とリリアはまた湿地の挙動不審《きょどうふしん》な蜂の付近に戻ってきた。

だが、サイズが違《ちが》う。どうやらこの巨大蜂《きょだいばち》は前回とは異なる個体のようだ。だが——

「ヴヴヴヴ」

やはりこいつも何かを訴えかけている。

さて、シャルロッテから借りた装置で何を言っているか聞いてみよう。

第十九章 ♦ 蜂の巣

シャルロッテから預かった蜂の言葉を聞く機械とやらは蓄音機《ちくおんき》の形をしていた。

真鍮《しんちゅう》のラッパのような器具のついた、アンティークでレトロなデザインのものだ。

聴震機というらしい。木材と機械部品混じりの品であり、リリアが苦い顔をしつつも携《けい》帯《たい》してくれている。

さて、本当にこれで虫の声が聴《き》けるのかね。

正面からこちらの様子を窺う蜂が、またヴヴ、と翅を震わせる。

するとラッパから金属音を擦《す》りあわせるような音が漏れ出した。

『要求。盾《たて》を裏返せ。繰《く》り返す、要求。盾を裏返せ』

聴震機から聴こえた音は、確かに理解できる人語だった。

金属片《きんぞくへん》を瓶《びん》に入れてシェイクしたような耳障りなノイズが混じっているが、確かに蜂の言語をこの聴震機は翻訳《ほんやく》してみせた。

蜂の言う通りに俺は片手に握《にぎ》る盾を持ち直し、表裏をひっくり返した。

すると蜂の翅の震える音の周波が変わった。聴震機のノイズも同調してジャリジャリとした砂のような音に変じる。

『剣を上に。剣を上に』

言われるがまま、剣を天に掲《かか》げる。

蜂の言語を俺たちが理解しているかどうかというチェックのようだ。しかも、二重のチェック。

盾の裏を見せる行為が、偶然《ぐうぜん》や単なる奇行《きこう》でスキップする恐《おそ》れがあるからか？

蜂の意図を俺たちが理解していると示すのが重要なようだ。

『認証《にんしょう》。要求、追従』

俺が剣を掲げたのを認めた蜂は、くるりと後ろを振り向いて霧の奥《おく》へと進んでいった。

追従を要求、つまり付いてこいということか。

「まさか本当に言葉が通じるとは」

「こちらの意図を向こうに伝えることはできん。一方通行だ」

虫との異文化コミュニケーションに感動していたが、リリアの言う通りだ。

向こうの言葉は分かるが俺たちが返事をすることは難しい。

蜂は道を先導してくれているが、どこに連れていかれていったい何を要求されるというのか。

だが、わからなくとも付いていくしかあるまい。

俺たちは追いてきてるか時おり振り向いて確認《かくにん》する蜂の導きにしたがい、湿地の奥へと突《つ》き進《すす》んでいく。

途中《とちゆう》で二匹《ひき》三匹と新たな蜂が俺たちに合流していき、やがて十数にもなる蜂の大群に取り囲まれていた。

おっかない話だが、この蜂たちが突然《とつぜん》態度を変えて俺たちを襲ってきたら、なんてことを考えてしまう。

完全に多勢に無勢、シーラと濁《にご》り水《みず》のボスと共闘《きようとう》したときのようにはいかないだろう。

鎧の身の俺はともかく、湿地での動きが悪いリリアは酷いことになるだろう。

転んだところに群がられて、なんて図の想像が簡単につく。

「おい、見ろ」

無駄《むだ》な妄想《もうそう》に意識を傾《かたむ》けていた俺にリリアが声を掛《か》ける。

彼女《かのじよ》が指さす方角を見れば、この湿地の上空、見上げるほどの高さに巨大な構造物が鎮《ちん》座《ざ》していた。

頭上に浮《う》かぶ正八面体。ピラミッドを上下に貼《は》り合わせたような形状のそれは、表面にまだらなマーブル模様が見て取れた。

それは、まるでミョウバンの形状にカッティングされた木星のようだ。

八面体という形状はさておき、この模様には見覚えがある。

「蜂の巣か、これが」

「デカいな……」

黄土色と黒ずんだ茶色が交互《こうご》に混じる模様は、スズメバチの作る蜂の巣の柄《がら》に酷似《こくじ》していた。

もちろん俺の知っている蜂の巣は楕円《だえん》球の形であって、こんなシャープで鋭利《えいり》な形では決してないが。

というか浮いているし。どういうパワーだ。

幾何学的《きかがくてき》な形状と鮮《あざ》やかな模様も相まってなんだかSF的だ。効率的な形状がそう思わせるんだろうか。

しかし巣というには巨大すぎる。大きさだけで言うなら空中に浮かぶ砦《とりで》、あるいは城のようだ。

蜂一匹のデカさを加味してもこのスケール感はすごい。濃厚《のうこう》な霧《きり》の向こう側にあってなお感じる迫力《はくりょく》。浮いているから尚更《なおさら》だ。

と、リリアと二人で茫然《ぼうぜん》と蜂の巣を見上げていると聴震機が再び音声を発しだした。

『謁見《えっけん》。承認《しょうにん》』

アルミ箔《はく》を擦りあわせたような小刻みなノイズと一緒に聞こえたのは、謁見というキーワード。

どうやら俺たちはこの巣の主にお目通りが叶《かな》うらしい。

だが、どうやって？　頭上にそびえる八面体に至る道はどこにもない。

一応辺りを見回してみたが、目に入るのは俺たちを取り囲む蜂だけ。人間用のハシゴなんて見つかるはずもなかった。

「む⁉」

そう思っていると、数匹《すうひき》の蜂がゆっくりと俺に近づいてくる。

意図は不明だが、現状この蜂は敵ではない。

暴れて刺激《しげき》するのも良くないのでじっとしていると、蜂たちはなんと俺の両手両足にしがみついた。

「おいアリマ！　こわいぞ！」

見れば、まったく同じ状況《じょうきょう》のリリアが目じりに涙《なみだ》を浮かべながら俺の方を見ていた。

声に出した内容も俺とまったく同じ感想。めっちゃ怖いよなこの状況。

俺は鎧の姿だが、リリアは外套越《がいとうご》しに蜂《はち》のトゲトゲしい節足に手足を鷲掴《わしづか》みされている。

前言撤回《てっかい》。そら俺よりリリアのが怖《こわ》いわ。自然に生きるエルフとて虫は苦手じゃなくても状況次第《じょうきょうしだい》で怖いものは怖い。

そして俺たちに張り付いた蜂たちの翅が震えだす。徐々《じょじょ》に徐々に、俺の体が大地を離れ上昇《じょうしょう》していくのがわかった。

も、もしかして飛行するんですか⁉

第二十章 ♦ 蜂の神殿

巨大《きょだい》な蜂に体を持ち上げられるという恐怖《きょうふ》体験をした俺たちは、湿地の頭上に浮かぶように鎮座している蜂の巣の内部へと案内されていた。

中は八角形のパイプ状の通路となっており、半透明《はんとうめい》のべっこう色をした通路は薄《うつす》らとだが向こう側が見通せるようになっていた。

目を凝《こ》らして通路の奥を透《す》かして見ると、巣全体に無数の通路が幾重にも張り巡《めぐ》らされているのがわかった。

整然とした通路が巣全体を巡っているんだろう。蜂たちは構造を完璧《かんぺき》に把握《はあく》しているんだろうか？

通路は塗《ぬ》りたくられた蜜《みつ》によって装飾《そうしょく》されており、神秘的な紋様《もんよう》が八角形の通路の八面すべてに走っていた。

この蜜で描《えが》かれた紋様には光を蓄《たくわ》える性質でもあるのか、黄金の光を仄《ほの》かに放っており、巣の内部はくまなく黄色で照らされている。

虫の作った巣でこそあるが、その完成度は人工物と比べても遜色《そんしょく》がない。

幾何学的に整頓《せいとん》された内部といい、各所に蜜で描かれた複雑な紋様といい、その内装はある種未来的な神殿遺跡《しんでんいせき》のようですらあった。

というか時おり現れる通路の隔壁《かくへき》が、近づくことで自動的に持ち上がる。いよいよ未来基地じゃねえか。

「神殿蜂《しんでんばち》の蜜には魔力《まりょく》を蓄える性質がある。伝聞で知ってこそいたが、巣の内側がこうも神秘的だったとは……」

どういう理屈《りくつ》なんだろうと思っていたら、この景色に感嘆《かんたん》したリリアが全て説明してくれた。

今さらながら、こいつらは神殿蜂というらしい。巨大な神殿を構築するから神殿蜂という名前なんだろうな。由来がわかりやすい。

会話する知能があり、高度な遺跡《いせき》の如き巣を築き上げ、魔力による機構さえ駆使《くし》する蜂。

高度すぎる。こうも高度な知性を持つ存在に出会うと、なぜだか理由もなく恐怖を感じてしまうな。

こう、高い知性は人間だけの特別であって欲《ほ》しいという情けない本能がそう思わせるのかもしれない。

こんなデカい蜂が賢《かしこ》さまで備えていたら人間のヒエラルキーが危ぶまれてしまう。いや、これはゲームなんだが。

しかし魔力を蓄える蜜とは興味深い。素材としての価値は高いのではないか？

もし豊富に手に入ったら是非《ぜひ》エトナに提供したいものだ。

新たな武器の素材となるかもしれないし、それがダメでも武器に塗る刃薬にしてもらえるかもしれない。

正直どんな素材でも刃薬という使い道があるのでなんでも欲しくなってしまうんだよな。

もっとも、それは行き場のないゴミ箱のような用途でもあるわけだが……

いやだが、刃薬行きとなった素材はエトナが素材の特色を調査するのに役立っているという説が俺の中で有力。

やはり素材アイテムはあればあるだけ良い。できれば欲しいな。

まあ、勝手に採取して蜂たちの怒《いか》りを買ったら目も当てられないので大人しくしておくが……。

「それにしても、まさかこんなことになるとはな……」

「同感だ」

漏れ出した俺の心の声に、リリアが同意を示す。

興味本位でエルフの森まで戻る手間まで掛け蜂の声を聞いてみたら、まさかその総本山に招かれるなんて誰が思うだろう。

ひとまず思うのは、非敵対状態で訪れることができてよかったということ。

なにせデカい巣に見合う蜂の収容数を俺たちはまざまざと見せつけられている。

案内されながら通路の向こうを透かして見れば、大量の蜂が通路を行き交《か》っているのが確認できる。

こいつらと一度に戦闘《せんとう》とかになったらおしまいだ。

無双《むそう》ゲーでもあるまいし、ソロの限界だろう。

本気でこの巣を落とそうとするなら規模の大きなギルドが総力を挙げてようやくじゃないか？

蜂の方から友好的な姿勢を示してきたことを踏《ふ》まえると、こいつらは敵対状態になるのを前提とした勢力じゃない気がするんだよな。

今は親衛隊と思わしき蜂が俺たちを導いている。特別鋭利な外骨格を備えたスペシャルな見た目のやつだ。

なお俺たちをこの巣まで連れてきてくれた蜂たちは入り口で待機している。たぶん戻り道《みち》でも彼《かれ》らのお世話になるのだろう。

そしてこれは重要な問題なのだが、この巣に運《はこ》び込《こ》まれた際に俺たちの武器は没収《ぼっしゅう》された。

女王蜂《じょおうばち》に万が一のことがないようにということだろう。俺の腐《くさ》れ纏《まと》いとリリアのレイピアは、俺たちを囲む蜂の後方の蜂が抱《かか》えて持ってきている。

一応俺は失敗作という武器をまだ隠《かく》し持っているが、これは腐れ纏いと比べると頼《たよ》れる武器とは言い難《にく》い。

俺たちが突如乱心を起こしてここで暴れるには、丸腰《まるごし》の状態で武器を取り返すところから始める必要がありそうだ。

もっともこの巣は湿地と異なり足場が安定しているので蹴《け》りというもう一つの武器が存分に扱える。

武器はなくとも荒事《あらごと》には対応できそうだ。

無論、そんなことはしないが
『聞け、女王の言葉を』

おっかない親衛隊蜂に先導されるがまま謎《なぞ》の力で浮遊《ふゆう》する八角形のパネルに乗せられると、俺たちはそのまま巣の中枢《ちゅうすう》へと送り出された。

そして、辿《たど》り着いた先。

『我《わ》が神殿へようこそ。歓迎《かんげい》いたします』

そこにいたのは、死ぬほどデカい蜂だった。

デカい。マジでデカい。

黄金の糸で編まれた死ぬほどデカいソファーのようなものに、死ぬほどデカい蜂が横たわっている。

どれくらいデカいかと言うと、ソファーがスタジアムの客席くらいでかい。

もちろん寝《ね》そべる女王蜂はそのソファーに見合うサイズ。

デカすぎんだろ。

『森人と、鋼の人型よ。あなた方の力を借りたい』

リリアと二人で女王蜂を見上げ、その声を聞く。

女王蜂の声を伝える聴震機のノイズは、風鈴《ふうりん》のように澄《す》んだ心地《ここち》いい音だった。

『私たちはこの地に蔓延《まんえん》した毒に苦しめられています。元凶《げんきょう》はこれより奥地《おくち》に巣食うキノコにある』

聴震機が読み取る蜂の声は、今までのどの蜂のよりも鮮明《せんめい》で流暢《りゅうちょう》だった。

エルフの森を侵し、湿地の植物を食《く》い荒《あ》らした毒の霧。神殿蜂にとってもあれが有害であることに変わりはないらしい。

この地に住まう者は皆《みな》、このガスに苦しめられているようだ。
「承《うけたまわ》ろう。我らは元よりそのつもりでいる」
伝わっていないことも気にせず、リリアが声を張り上げて女王に声を返す。
それが首肯《しゅこう》だとわかったのか、静かに女王蜂は言葉をつづけた。
『寄生し、生命を吸い上げ、死の霧を撒《ま》くキノコ。それが沼地《ぬまち》の深層に蔓延《はびこ》っている』
聴震機の音がブレる。
『――苗床《なえどこ》は、私の姉です』
それはきっと、女王蜂が、言葉を躊躇《ちゅうちょ》していたからだ。
『彼女をどうか、葬《ほうむ》ってください』

第二十一章 ♦ いざ沼地へ

その後、女王蜂は同族が俺たち二人を襲わない事や今後の共闘を約束してくれた。

『我々は、あなた方お二人を襲わず、共闘することとします。これを』

女王が合図を出すと小間使いの小柄《こがら》な蜂が現れ、俺とリリアにそれぞれ一つずつ何かを手渡《てわた》した。

渡されたのは、蜂蜜《はちみつ》をしずくの形に凝固《ぎょうこ》させたアミュレット。

『これを所持している限り、私の配下はあなた方を襲いません。ささやかな協力しかできませんが、お願いします』

俺たちが女王の言葉を最後まで聞き届けると、浮遊していた足場が下がり謁見の時間が終わる。

謁見の終了《しゅうりょう》を確認した蜂たちは、速《すみ》やかに俺たちに装備を返し、あっという間に俺たちを運び込んで地上に下ろした。

もちろん巣から地上への移動はあの蜂に掴《つか》まれて飛ぶやり方。

余談だが、昇《のぼ》りより降りの方がよっぽど怖かった。

にしても、一気にこの地に蔓延するガスについての情報が出そろったな。

「村に戻った甲斐《かい》があったな」

「ああ。シャルロッテには礼を言わねばなるまい」

湿地から一度森まで引き返すのは結構な手間だったが、その労力以上の結果がもたらされた。

蜂の声を聞いただけで、まさか調査どころかそのまま答えをプレゼントしてくれるなんてな。

霧の発生源はここより奥に広がる沼地。その深層に毒を振《ふ》りまくキノコに寄生された女王蜂がいる。

俺たちはそれを始末しにいけばいい。一気に話がわかりやすくなった。

蜂の巣から降りてしばらく進むと、確かに蜂たちが言っていた通り沼《ぬま》の広がる一帯に辿り着いた。

ここまでくると景色も様変わりしており、草や樹木の類は見当たらない。

代わりに、白い柱のようなものが乱立している。これらは樹ではなく、沼の上に発生した巨大なキノコ。

その証拠《しょうこ》に、頭上をキノコの傘《かさ》が所狭《ところせま》しと埋《う》め尽《つ》くしている。空の模様などほとんど見えない。

とりあえず、このキノコ群は件《くだん》のガスを生み出すキノコではないらしい。

「とりあえず毒沼ではないようだな……」

おそるおそる沼に足を踏み入れ、リリアが確認する。

毒と無縁《むえん》な俺は懸念《けねん》すらしていなかったが、エルフからしてみれば注意して然《しか》るべきだな。

こういうのを見るたびに思うんだが、やはり鎧《よろい》しか体がないのは便利なことも多いな。

とりわけ状態異常に対してめっぽう強いのがいい。リビングアーマーにもいいところはある。

しかしこの沼、思った以上に足が取られる。泥《どろ》のようなものが足首程度の深さまで満ちており、かなり動きづらい。

湿地のぬかるんだ足元も厄介《やっかい》だったが、こっちはもっとだな。

湿地では蹴り技を自ら控《ひか》えていたが、ここでは使用すること自体に無理がある。

自在に動けない以上、盾という攻撃《こうげき》を防ぐ手段の価値が更《さら》に上昇した。

武器屋ではおまけ程度に選択《せんたく》したものだったが、もう何度も盾の恩恵《おんけい》を感じている。

こんなことなら安物ではなく、もっと質のいい品を購入《こうにゅう》しても良かったな。

「おいアリマ。なんだあのデカいキノコは」

「ん？」

と、俺が盾に思いを馳《は》せていたらリリアが明後日の方向を指さした。

リリアが示した方向には、毒々しい紫色《むらさきいろ》のキノコがある。背の高さはだいたい人間と同じくらいだろうか。

ぷっくりとした肉厚の傘が特徴的《とくちょうてき》で、気味の悪いことに何かの液体を分泌《ぶんぴつ》しているらしく傘の表面は汗《あせ》でもかいたようにぬるぬるとした艶《つや》を帯びていた。

「ナイフでも投げてみたらどうだ？」

「そうだな。それっ」

性質はわからないが、刺激したら何か起きるかもしれない。

万が一爆発《ばくはつ》のような反応があったとしても、遠く離《はな》れた場所から飛び道具で攻撃するなら心配は少ないだろう。

リリアも同様の好奇心《こうきしん》を抱《いだ》いていたようで、俺の言葉にすぐさま賛成し緑の刃物《はもの》を取り出した。

ナイフは森の中で使っていたときより輝《かがや》きが弱々しく、刃も小さい。

この地は森から遠ざかっており、周囲に木々もない。ドルイドの力が弱まっているのか。手に持ったナイフが投げられ、キノコ目がけて鋭《するど》く飛来していく。

とすっ、とナイフが浅く突き刺《さ》さる。するとキノコの色が赤く変色した。

次の瞬間《しゅんかん》——分厚いキノコの頭から、ぎょろりと大目玉が出現した。

「!?」

そしてすぐさま回転し振り向いたキノコは仕掛け人であるリリアを視認《しにん》し、目を大きく見開く。

驚《おどろ》いたのもつかの間、キノコは次なる変貌《へんぼう》を遂《と》げた。

なんと足を生やし、すくっと立ち上がったのだ。

足の数は数十本。

沼に浸《ひた》っていたキノコの付け根は、シャンデリアの上下を逆さまにしたような大量の触《しょく》手《しゅ》が蠢《うごめ》いていた。

「アリマ、気色悪い！」

「馬鹿言え、こっち来るぞ！」

攻撃されたことに怒《おこ》ったキノコが大目玉をかっぴらき、無数の足をドタバタはためかせながらこちらへ猛《もう》ダッシュしてきている。

大目玉をギンギンにかっぴらいたキノコが大量の泥飛沫《どろしぶき》を上げて突撃《とつげき》してくるというあまりにショッキングな絵面にリリアが悲鳴を上げるが、それどころではない。

「一度陸に上がるぞ！」

あの目玉キノコが何をしてくるかわからんが、幸いまだ陸地が近い。

沼の上で戦うより、動きやすい陸地で迎《むか》え撃《う》つべきだ。

「アリマが私にナイフを投げさせるから！」

「お前も乗り気だったろ!?」

リリアの文句をあしらいながら、二人でえっちらおっちら沼を走って陸地に向かう。

ドドドド、と背後から聴こえるキノコの足音はあまりにも恐怖だったが、なんとか追いつかれる前に陸に上がれた。

「よし、迎え撃つぞ！」

第二十二章 ♦ 弱点の在《あ》り処《か》

シャカシャカと昆虫《こんちゅう》のように蠢く足で急接近してきた汁《しる》の滴《したた》る不気味な一つ目キノコ。

すごく嫌だが、耐久《たいきゅう》に優《すぐ》れ盾を持つ俺《おれ》が前に出る。

攻撃に適した器官をもたないように見えるが、一体なにをしてくる？

警戒《けいかい》たっぷりに前に詰《つ》めると、キノコが瞼《まぶた》を閉じて目をつぶった。

そして、頭を引いてから全力のお辞儀《じぎ》。

それはズガァン！　と轟音《ごうおん》を伴《ともな》った豪快《ごうかい》なヘッドバット。

「重てっ！」

沼の岸に小さなクレーターを生み出し、周囲に礫《つぶて》を巻き上げるほどのインパクト。

なんちゅう重さ。今まで受けた攻撃の中では、レシーの杭《くい》打ちのような突き蹴りに次いで重厚《じゅうこう》だった。

が、盾があれば真正面からでもかろうじて受けきれる。

そして目の前には土下座のような姿勢で大地に突っ伏《ぷ》した無防備なキノコの後頭部。

しめた、遠慮《えんりょ》なく剣《けん》で斬《き》りつけてやる。

後ろに控えたリリアも俊敏《しゅんびん》に踏み込み、側面から突きを叩《たた》き込んだ。

「ダメだ滑《すべ》る！」

「私のレイピアも刃が通らん！」

が、キノコの頭が想定より硬《かた》い。

深く斬りつけたつもりの刃は傘の表面を滑ってしまい、ダメージを与《あた》えられなかった。

元来の硬さに加えキノコの頭部が汗のように分泌している潤滑《じゅんかつ》液に邪魔《じゃま》されてうまく切り裂《さ》けなかったのだ。

くそ、刃が通らなければ腐れ纏いの毒も意味が無い。

リリアが狙《ねら》ったキノコの軸《じく》も樹の幹のように堅牢《けんろう》だったらしく、切っ先が弾《はじ》かれているのが見えた。

必殺のチャンスかと思われた隙《すき》を俺たちはみすみす逃《のが》し、ずしっ、と目玉キノコが巨大な頭を上げる。

真正面にまだ俺がいることを確認したキノコは、再び頭を振りかぶった。

頭の位置が側面にずれている。となると今度は振り下ろしではなく薙《な》ぎ払《はら》うようなスイング。

リリアが巻き込まれないように肩《かた》で突き飛ばし、正面から防ぐ。

が、受け止めきれなかった。勢いを殺しきれずに後方へ吹《ふ》き飛ばされる。

手に持つ盾を取り落とさなかった俺の根性《こんじょう》を誰《だれ》か褒《ほ》めて欲しい。

「うぉ⁉」

……なんてことを言っている場合ではなさそうだ。

目障《めざわ》りな盾役を引き剥《は》がしたキノコの一つ目がぎょろりとリリアを捉《とら》え、わさわさと足を動かして間合いを詰めにかかっているのが見えたからだ。

リリアの投擲《とうてき》ナイフによって不意打ちされたことを根に持っているのか、キノコのヘイトはリリアに向いているようだ。

立ったままのキノコが頭頂部をリリアに向け、ぐんっと素早《すばや》く突き出す。

反射的に飛《の》び退いて躱《かわ》すリリアだが、キノコは嘴《くちばし》でつつくような動作で何度も何度も頭を突き出し執拗《しつよう》にリリアを追った。

ヤツが大地を突くたびに足元が揺《ゆ》れる。そのせいで吹き飛ばされて不安定な俺の姿勢が崩《くず》れ、思うように駆《か》けつけられない。

そうしている内にもキノコの攻勢《こうせい》は止まらない。

軽快なステップで間合いを保つリリアだったが、徐々に岸に追い詰められ、とうとう沼に足を踏み入れてしまったのが見えた。

まずい、ああなっては沼に足が取られて攻撃をかわせない。

目ざとくリリアの動きが鈍《にぶ》ったのに気づいたキノコが、ひと際強く頭をのけ反らせた。

まずい、デカい一撃《いちげき》で叩き潰《つぶ》す気だ。

せめてキノコの関心をこちらに向けられればと思うも、俺に遠距離《えんきょり》攻撃《こうげき》手段はない。

見ているしかできないのか？　いいや。

「そのための【絶】！」

位置関係を無視して弾丸《だんがん》のように射出される俺のローリングソバット。

【絶】のスキル効果により俺の座標が適正な距離《きょり》になるように強引《ごういん》に修正され、のけ反っていたキノコの軸に俺の足がぶち当たった。

キノコは攻撃の寸前で不安定だったのか、沼に向かって景気よく頭からぶっ飛んでいった。

「助かった！」

さっき偶然思い出したレシーの杭《くい》撃ちのような蹴りの真似《まね》だ。威力《いりょく》は実証済み。

沼に露出《ろしゅつ》している大地は湿地《しっち》よりやや硬い程度。勢い余って着地に失敗してしまったが安いもんだ。

もう転ぶリリアを笑えないな。

とか思いながら寝そべった姿勢でキノコの行方《ゆくえ》を確認すると――。

「おい、突き刺さっているぞ」

なんとキノコは上下逆さまになって頭から沼に突き刺さっていた。

必死に復帰しようと軸をくねくねさせているが、どうも抜《ぬ》けそうにない。

「傘の裏は柔《やわ》らかいんじゃないか？」

「試《ため》してみる価値はありそうだ」

即決《そっけつ》したリリアが躊躇《ためら》いなくキノコに飛び掛かり、傘の裏側からレイピアを突き刺す。

切っ先はあっさりと突き刺さり、キノコは次の瞬間にはポリゴン化していた。

「キノコ狩《が》りの方法、見つけたな……」

ドーリスに話したら高く売れそうだ。

第二十三章 ♦ 戦闘力と脅威度は別

撃破《げきは》したキノコからは切り身が大量に入手できた。

どうやら食材アイテムらしい。キノコといえば基本的に火を通さないと食せないそうだが、これも調理を行えば食せるのだろうか。

と思ったが俺は体がないのでそういうのはできないんだった。もったいない……。

VRゲーム内でも味覚は再現されているらしいので、本当にもったいないな。

無機物の体の利便性は幾度《いくど》となく感じてきたが、この世界で食という娯楽《ごらく》を堪能《たんのう》できないのは非常に大きなデメリットではないか？

その一点のみだけで無機物種族を選ばない理由になり得る。散々この鎧の体に助けられておきながら、ちょっとだけ通常の種族が羨《うらや》ましく思えてしまったな。

俺でも食材に何か使い道があるだろうか。まあ無いなら無いで例によって刃薬の材料にしてしまえばいいんだが。

さて、あの一つ目の巨大なキノコは無事倒《たお》せたわけだが、今回うまくいったのは陸地まで誘《さそ》い込めたというのが大きい。

自在に身動きできない沼の上では、前回のような咄嗟《とっさ》の蹴りも出せない。戦闘《せんとう》は危険だ。

倒し方はわかったものの、キノコ狩りが今回の主目的ではない。最優先目標はガスの根絶だ。

もう一度アレと同じ種類のキノコを見かけても刺激するのはよそう。リリアと相談し、そう決めた。

その後も沼地の探索《たんさく》中、たびたび同じキノコと遭遇《そうぐう》したがこちらから攻撃しないかぎりは襲《おそ》ってこなかった。

一体目がそうだったように、見掛《みか》けた同種のキノコは全て目を瞑《つぶ》って通常のキノコのように振る舞《ま》っていた。

いや、むしろ逆か？　他は全て通常のキノコで、俺たちがナイフを投げたあのキノコだけが偶然『キノコに擬態《ぎたい》していた個体』だったのではないか？

油断して近づいたところを背後から急に襲ってくるかもしれない。

そんな疑惑《ぎわく》も途中で抱いたので、確認の為《ため》にも安全な陸地を確保してからもう一度リリアにナイフを投げてもらった。

浅く刺さるナイフ。立ち上がるキノコ。

見開いた目がリリアを捉えて激昂《げきこう》する。

「やっぱりやめとくべきだったぞ！」

「でも試さないと不安だろう！」

標的にされたリリアが泣き言を垂れるが、きちんと二人で相談して決めたことだ。

決して無断で宿り木の呪《のろ》いを掛けられた腹いせなどではない。

なおリリアはこのキノコのわさわさとした無数の足が蠢く挙動が本当に苦手らしい。すまんな。

リリアを狙った頭《ず》突《つ》きが繰《く》り出される寸前に、俺がローリングソバットでキノコの軸を蹴り飛ばす。

前にやったことの再現だ。バランスを崩したキノコが頭から沼に沈《しず》み、リリアがトドメを刺す。

「私の心労を度外視すれば、対処は容易《たやす》いな」

「陸地がないとやはり強敵だ。リリアを盾《たて》役にするにも不安が残る。やはりこいつらに攻撃はしない方がいいな」

触《さわ》らぬ神に祟《たた》りなしということで、当初決めた通り今後はこのキノコを刺激しないことにする。

そして、今後これと同じキノコがあったら全て沼の下に足が生えていると思おう。

目玉キノコの撃破を確認《かくにん》し、再び俺たちは沼に浸《つ》かり先へ進む。

霧は沼を進むことで一層濃《こ》くなっていく。頭上が乱立する超巨大《ちょうきょだい》キノコ群のせいで塞《ふさ》がれているのにも原因がありそうだ。

思えば、俺は平気だがリリアは装着しているガスマスクが生命線。

多少被弾《ひだん》しても命にかかわらなければ平気だろうと楽観的に考えていたが、決して無視できない弱点だ。

リリアの耐久力《たいきゅうりょく》は本来より落ちると思った方がいいな。万が一マスクが破損するようなことになれば撤退《てったい》は確定。

おんぶなり鎧の中にぶち込むなりして安全な場所まで連れ帰る必要がある。

俺たちプレイヤーはともかく、NPCが死亡した際に復活するかは定かではない。慎重《しんちょう》であるに越《こ》したことはないだろう。

濃霧《のうむ》の奥《おく》を睨《にら》みながら沼地を進んでいくと、霧の奥に無数の影《かげ》が見えた。

見逃《みのが》している恐《おそ》れもあるので、リリアを肘《ひじ》でつついて警戒を促《うなが》す。

「わかっている」

霧に浮《う》かぶシルエットからして、またしてもキノコ。

目玉キノコと違《ちが》い、今度はかなり小柄だ。おおよそランドセル程度の大きさか。影は俺たちのいる場所目掛《めが》けて、ぴょこぴょこと可愛《かわい》らしく跳《は》ねながら近寄ってきている。

なかなか可愛げのあるキノコどもじゃないか。俺が抱いたその感想は、姿が直視できる距離になった瞬間即座《しゅんかんそくざ》に撤回した。

『ああああああ!!』

「アリマきもい!」

「俺がキモイみたいな言い方すんな!!」

「だって!」

現れた緑色のちっこいキノコどもには、歯が生えていた。傘の裏側と軸の境界が顎《あご》のように開き、そいつらが俺たちに大群で獰猛《どうもう》に噛《か》みついてきたのだ。

だったら獣《けもの》のように鋭くて凶悪《きょうあく》そうな牙《きば》が生え揃《そろ》っていれば良かったのに、どうしてか歯の構造は人間のものと同じそれ。キノコの内部に入れ歯をフュージョンしたような形状の、直視もしたくない化け物だった。

そいつらが大群になって歯茎《はぐき》を剥《む》き出しにしながらキョンシーのように跳ねてこちらに

やってくる。

そんで更に何故《なぜ》かおっさんの絶叫《ぜっきょう》みたいな大声を発している。キモイ。本当にいやだ。精神がおかしくなりそうだ。

見た目だけでお腹《なか》いっぱいなのに聴覚《ちょうかく》からもキモさで追撃《ついげき》してくる。

『うああ‼　あ、あ、あ……‼　おああああぁぁぁん⁉』

「くそ、嫌《いや》すぎるぞこのキノコ！」

『うわあぁぁぁぁえぇぇぇぇ』

噛みつきを盾でいなし剣で斬りつける。耐久力はないらしく、一撃で簡単に倒せたが断《だん》末魔《まつま》までうるさい。数が多いので薙ぎ払っていっぺんに撃破していくが、おっさんの絶叫の合唱が始まってマジで最悪。

「ひぃぃぃぃ⁉」

『ぶあぁぁぁぁぁん！』

俺の周囲が片付いたので剣を腐れ纏いから失敗作に持ち替《か》え、リリアのローブに噛みついたキノコをむんずと掴んで刺してを繰り返しどんどん撃破していく。

腐れ纏いのままだとうっかりリリアに剣が触《ふ》れたら大変なことになるので、武器は念のため持ち替えた。

『アぁん』

今ので最後の一体。とりあえず、全て片付いた。

見た目と行いが最悪すぎるだけで、戦闘面の脅威度《きょうい》合はかなり低い。耐久力も攻撃力《こうげきりょく》もカスだ。ただ、とにかく不快。攻撃だけが力ではないということを示したザコどもだった。

「ハァ……ハァ……」

キモキノコからようやく解放されたリリアは疲弊《ひへい》した様子。気分を落ち着けるように胸に手を当てながら、肩で息をしている。

突《つ》きを主体とするレイピアでは大群で襲い掛《か》かってくるキノコに対応が間に合わず、リリアはキノコの接近を許してしまったようだ。

ダメージはそれほどでもなさそうだが、とにかく精神的疲弊が激しいと見える。

俺もノーダメージだが、精神面においては確実に攻撃を食らった。

この歯茎丸出しキノコども、戦闘力はカスだが、死ぬほど戦いたくない。

「……アリマ。わたしもう帰りたい」

「……がんばれって、ここまで来たんだから」

エネミーの厄介さは強さだけでは決まらない。

弱音を吐《は》くリリアを慰《なぐさ》め、ガスマスクの奥の涙目《なみだめ》に気づいた俺はそれを強く実感した。

第二十四章 ♦ 武器の素材

しばしば見かける目玉キノコを刺激《しげき》しないよう避《さ》けて通りつつ、向こうから好戦的に近寄ってくる絶叫キノコを倒して先へと進む。

沼の方面に進んである程度は経過したと思うのだが、いかんせん足場が沼なので、行軍が遅々《ちち》として進まない。

徐々《じょじょ》に濃くなる霧《きり》の様子から深部に近づいているのは間違《まちが》いないと思うのだが、象徴《しょうちょう》的《てき》なランドマークがないので攻略《こうりゃく》の進捗《しんちょく》がまったくわからない。

絶叫キノコの対処で相当神経を削《けず》られているのに、攻略が正しく進んでいるという指標がないのでモチベーションが下がる一方。

とはいえ、景色も徐々に様変わりはしていく。

「妙《みょう》なキノコが増えてきたな」

げっそりとした表情のリリアがぼやいた通り、沼に生えているキノコの種類が徐々に豊富になっていくのだ。

無害そうなところでいくと、２、３本の束になって生えている黄色くひょろ長い槍《やり》のようなキノコ。

見た感じではただ生えているだけで、意思をもって動き出したりする気配はない。

過剰《かじょう》なくらい先端《せんたん》が鋭く尖《とが》っているので、引っこ抜いたら本当に武器になりそうだ。

そして、行く道の足元に生えるキノコたち。群青色《ぐんじょういろ》の頭を睡蓮の葉のように低く広く展開している。

無視して通ろうにも、右も左もこのキノコが広がっているのだ。避けて通るほうが無理がある。

「アリマ。お前が先に乗ってくれ」

「まあ、当然だな」

上に乗った瞬間に鋭い棘《とげ》が飛び出す罠《わな》キノコかもしれないからな。頑丈《がんじょう》な俺が実験体になるべきだ。

とりあえず剣の柄《つか》でキノコの上をつついてみる。かなり硬い。生コンクリートみたいだ。

「大丈夫《だいじょうぶ》そうだぞ」

沼から上がってキノコの上に乗ってみるが、異変はない。

コツコツと足裏で叩いてみるが、かなり硬質《こうしつ》。俺たちが足場として使っても問題ないくらい頑強《がんきょう》だ。

この先は沼の湖面をこのキノコがほとんど埋め尽くしているし、沼に浸りながらの進行はもうしないで済みそうだ。

「……よし。私も乗る」

「ん？　おい待て！」

ふと気づいた。リリアが沼から上がろうと足を掛けたのは、群青《ぐんじょう》ではなく緑色のキノコ。色が違う。性質が違う可能性を指摘《してき》しようとして、しかし遅《おそ》かった。

「ん？……ぅおわぁーっ!!」

なんと緑色の平たいキノコは、リリアが乗った瞬間に力強く弾《はず》みあがった。

キノコはリリアをトランポリンのように跳ね上げる。

非常事態にやや焦《あせ》ったが、即死《そくし》系のトラップではなくて安心した。

幸運にも高く宙を舞ったリリアは俺の元へ落下してきたので、無防備に墜落《ついらく》してくるリリアを抱き止《と》める。

これ、面白《おもしろ》そうな見た目に反して非常に危険だよな。

こんな硬いキノコにまともに姿勢を取れないまま落下して体を打ち付けたら大ダメージだろ。

そんなことを考えながら落ちてくるリリアをキャッチしたのだが。

「その鉄臭《くさ》い体で私を抱くなぁーっ！」

「それは理不尽《りふじん》だろ……」

受け止められたリリアは弾かれたように素早く俺から距離を取った。

俺の鎧への嫌悪《けんお》感はややマシという程度で、流石《さすが》に密着はダメらしい。

いやしかし、この硬いキノコに墜落するのを傍観《ぼうかん》するわけにいかなかったし、割とどうしようもなかったぞ。

「う、はぁ……。いや、悪かった……」

「いいさ、仕方がない」

リリアは吐き気《け》を堪《こら》えるようにガスマスクの口元を強く押さえている。

彼女《かのじょ》も今のが助けられた者の態度として相応《ふさわ》しくないことはきっちり理解しているようだ。

まあこればっかりはエルフ特有の生理現象なものなんだろうし、責めたら理不尽というものか。仕方あるまい。

と、ここでふと疑問が湧《わ》いた。

俯《うつむ》きながらガスマスクを押さえるリリアの反対の手に握《にぎ》られたレイピア。

銀の中にガラスのような緑を帯びたこれは、どこからどう見ても金属だ。

「今さらだがそのレイピアは平気なのか？」

「ん、ああ。これは森林銀製だからな」

体調を持ち直したリリアに率直《そっちょく》な疑問をぶつけてみるとこれまた新情報が。

「森林銀——ああ、ミスリルの仲間といえばわかりやすいか？　エルフにも扱《あつか》える金属は僅《わず》かながらある」

「森林銀はその一つということか」

「ああ、私たちに馴染《なじ》む金属の中では最もありふれた素材になる。もっとも、今や森林銀製の武器すら貴重になってしまったが……」

「どういうことだ。鍛《きた》えられる奴《やつ》がいないのか？」

「うむ。かつては扱える者が村にひとりだけいたのだが、機械に傾倒《けいとう》してしまった」

つまりシャルロッテじゃねえか。

前にもすごいエルフだとは話に聞いていたが、本当に有能だな。

村に自作のマジックアイテムを提供したという話もあったが、更に村唯一《ゆいいつ》のミスリル系金属の鍛冶師《かじし》でもあったのか。

というかそんな重要人物が金属臭《しゅうただよ》漂う鉄の基地に閉じこもってしまったの、エルフたちにとってかなり困るんじゃ。

「今でもよく死徒のエルフがシャルロッテに森林銀製の武器を乞《こ》いに行っては、金属の悪臭《あくしゅう》に耐《た》え切れず吐きながら這《ほ》う這うの体《てい》で戻《もど》ってくるぞ」

地獄《じごく》じゃん。どうやらプレイヤー陣《じん》もシャルロッテには手を焼いているらしい。

その有益さに気づきつつもエルフの本能に抗《あらが》えず、金属に囲まれたシャルロッテにコンタクトが取れずにいるようだ。

というかそんな吐くまで無理するなよ。そんなに金属製の武器が欲《ほ》しいのかよ。いや普通《ふつう》に欲しいか。

エルフといえば弓を扱っている印象が強いが、近接職をやりたいエルフだっているに違いない。

そりゃせっかく見た目麗《うるわ》しいエルフでゲームを始めているんだ。棍棒《こんぼう》を握りしめた蛮族《ばんぞく》スタイルじゃなくて、美しいミスリル製の武器を瀟洒《しょうしゃ》に構えたいに決まってる。

まあその為に吐いてちゃ世話ないんだが。

「他じゃミスリルの武器は作れないのか」

「少なくとも森林銀はエルフでなければ扱えないそうだ。私とてエルフだが専門ではないので詳細《しょうさい》は知らんぞ」

「いや、いい。面白い話を聞けた」

ミスリルという素材の分類、そしてその仲間の森林銀。

この毒ガスに蝕《むしば》まれるエルフの森を救うイベントを完遂《かんすい》した暁《あかつき》には、報酬《ほうしゅう》にミスリル製の装備を要求するのも面白そうだな。

事前にエトナに了解《りょうかい》を取れば、彼女もきっと了解してくれる。

この願いが通るかはわからんが、妄想《もうそう》するだけならタダだ。

俺もいつかこの薄《うす》い金属板の鎧を卒業して、森林銀製の鎧に着替《きが》えたいものだ。

きっとエルフのプレイヤーたちがみたら垂涎《すいぜん》モノだろう。

第二十五章 ♦ 沼のキノコたち

沼地《ぬまち》を越《こ》え、平らなキノコの上を踏《ふ》み進むことしばらく。

群生するキノコの性質が、更に危険性を増してきた。

「こいつらは一体なにと戦っているんだ……？」

怪訝《けげん》に呟《つぶや》くリリアの視線の先には、極《きわ》めて攻撃的《こうげきてき》な特徴《とくちょう》のキノコ群がそれはもう生え散らかっていた。

とにかく目を引くのが、網目状《あみめじょう》のベールを下ろしたような真紅《しんく》のキノコ。

柱のような大きさもさながら、このキノコ、なんと網《あみ》のスキマから断続的に火炎《かえん》を放射している。

四方八方へ炎《ほのお》を吹き出す姿は凶悪そのもの。自発的に襲ってはこないが、非常に脅威度が高い。

そしてそのふもとを取り囲むのは、鋼のように硬質なキノコ。ところ狭《せま》しと大群で密集する生え方は、シメジを彷彿《ほうふつ》とさせる。

表面は鈍い灰色をしており、その色合いは金属特有の光沢《こうたく》そのもののようだ。

どうせキノコだろうという先入観ゆえにキノコとわかったが、別の場所で目の前に差し出されたらネジやボルトに見間違《みまちが》えそうだ。

というかこれ、ネジに加工できるのでは？

キノコらしからぬ直線的なフォルムをしているので、軸の部分に切り込《こ》みを入れるだけでネジ部品にできる気がする。

こうした金属部品は、村のシャルロッテが求めそうだ。

「あの銀のキノコ、採取してみよう」

「……大丈夫なのか？」

「おそらくな」

燃《も》え滾《たぎ》る炎を噴出《ふんしゅつ》するキノコに近づき、火炎に手を突っ込んでみる。

やはり。ダメージは無かった。

それほど高熱ではないのか、俺の鎧を溶《と》かすだけのパワーはこのキノコにはないらしい。

見境なく炎を撒《ま》き散らすキノコがなんの障害にもならないとわかったので、吹きつける炎を浴びながら俺は根本にあった大量の銀のキノコを採取した。

「無茶《むちゃ》をする」

「便利な体だ、使わないと損だろう。それにいい土産《みやげ》になる」

「まあ、シャルロッテは喜ぶだろうが」

「本当は向こうのアレを持って行ってやりたいんだが」

見やった先にあるのは、同じく金属光沢を放つキノコ。

ただし今採取したものより数段巨大《きょだい》だ。俺が採取したネジっぽいキノコの成体だろう。

傘《かさ》が肉抜きされた歯車のような形状になったキノコが密集するように群生しており、傘のギアが複雑に噛み合って駆動《くどう》回転している。

中央には同じく火炎放射するキノコの姿もある。

幼生時に守られた恩を返すように、今度は鋼のキノコが火炎放射のキノコを砦《とりで》のように囲み守護している。

ともすれば、あれが鋼のキノコが回転する動力なのか？

あちらを採取したい気持ちも山々なのだが、成体は危険性が段違《だんちが》い。

なにせ近づくものを拒《こば》むように、あるいは燃え盛《さか》る炎を守るように外周部が回転ノコギリのようになったキノコが火花を散らし高速回転しているのだ。

回転する円の外周に鋭い刃《やいば》が並んだあのキノコであれば、俺の鎧《よろい》の体など容易く切り裂くだろう。

「まあ、無駄《むだ》な危険を冒《おか》すつもりはない」

あくまで本筋は霧の根絶。

金属キノコの採取は、霧が晴れてリリアが同行してないときにまたすればいい。

みすみす俺の鎧が破損するようなリスクを背負う気はなかった。

「それより、足元を見てみろ」

「ふむ、これは……」

沼《ぬま》から俺たちを守る足場のキノコ。その上に木片《もくへん》のようなものがまばらに散らばっている。

その一つをリリアが拾い上げガスマスク越しに眺《なが》めると、すぐにその正体に気づいた。

「神殿蜂《しんでんばち》の巣の欠片《かけら》か！」

欠片の模様は、無数の褐色《かっしょく》が入り混じるマーブル模様を描《えが》いていた。

これは確かに神殿蜂のピラミッドのような巣の壁面《へきめん》と同じものだ。

それが砕《くだ》け、あたりに散らばっている。

つまりあの女王蜂《じょおうばち》の姉妹《しまい》の巣がこの近くにあったことを示しているのだ。

「目的地は近いぞ」

「向こうに行くほど欠片が大きい。行ってみよう」

「おう」

霧で先の見えない攻略だが、着実に進んでいたようだ。

俺たちは大きな欠片の多い方向へ意気《いき》揚々《ようよう》と進み、そして慎重になっていった。

キノコでも巣の欠片でもないものがそこらに落ちているのを見つけたからだ。

それは、息絶えて地に落ちた蜂《はち》の姿。

リリアが近づき、死んだ蜂の様子を見る。

「キノコに寄生された様子はないな」

「そいつはおそらく無事だった巣の方の調査隊だろう。霧の毒にやられたか」

「今まで無事だった蜂がこの辺りでは死んでいる。ここは毒が濃いのか」

「毒が濃いということはつまり、進んでいる道があっているということだ」

俺たちに代わり、調査隊の蜂が霧の濃さを身を以《もっ》て測ってくれている。

とにかく視界が悪く、進む道のヒントはどれだけあっても足りない。

蜂たちの命でできた羅《ら》針盤《しんばん》だ。ありがたく参考にさせてもらおう。

第二十六章 ♦ 寄生キノコ

蜂の死体の転がる沼地深部。そこはまた景色が一変していた。

まず、地に落ちた蜂の死骸《しがい》を苗床《なえどこ》に生えるキノコ。

硬い枝のような部位の先端に紙風船のような膨《ふく》らみが実っており、呼吸するように膨張《ぼうちょう》と収縮を繰り返すそれは、伸縮《しんしゅく》のたびに霧と同じ色の胞子《ほうし》をバラ撒いていた。

おそらくは、このキノコがこの沼地を覆《おお》う霧の原因となる種。

ゆくゆくはこれを根絶しなくてはならないのだが、今は放置だ。

まずは女王蜂に寄生したっつう一番デカいのを何とかする。

ところでこのキノコ、洗脳タイプだって話だったが、死体から芽吹《めぶ》いている分には無害なんだな。

奥へ進み、増えていく蜂の死体を見過ごしながら俺《おれ》は呑気《のんき》にそう考えていた。

今にして思えば、奥地《おくち》まで来て随分《ずいぶん》迂闊《かつ》なことだ。

焦りの混じったリリアからの報告を受けて、俺はようやく自分の認識《にんしき》が誤っていたことを実感した。

「アリマこいつら動いてるぞ！」

「マジかよ！」

どうせ死体。そう思《おも》い込んでスルーしてきた蜂たちが、ゾンビのように再起動していた。

何がまずいって、既《すで》に数十匹《ぴき》に囲まれていること。そして蜂が俺にとって初見の敵であること。

そしてもう一つヤバイのが、堅実《けんじつ》かつ迅速《じんそく》に討伐《とうばつ》しなくてはならない状況《じょうきょう》なのに、この蜂たちを安定して倒すメソッドをまだ確立できてないこと。

蜂とは初戦闘《せんとう》なのでこいつらの戦闘スタイルもわかってない。

はっきり言ってピンチだ。しかもかなりデカめのやつ。

「何かされる前に斬る！」

頭部の半分がキノコに喰《く》われた蜂に有無《うむ》を言わせず斬りかかる。

相手の動きを見てから対応するように戦うのが俺のやり方だが、今回ばかりはそうも言ってられねぇ。

よたよたと動きの遅い蜂が立ち上がる前に斬り倒す。狙うのはもちろんキノコ。

蜂自体は、死んでるんだ、どうせキノコが本体みたいなものだろうという読みでのキノコ狙《ねら》い。

「キノコの頭を狙え！　弱点だ！」

キノコの紙袋《かみぶくろ》のような器官が破裂《はれつ》すると、糸が切れた人形のように蜂が崩れ落ちる。

急を要する状況なので弱点が判明して即《そく》リリアと共有。まだまだ蜂の数は多い。

リリアの方を確認すれば、レイピアの切っ先を払《はら》って蜂に寄生したキノコを裂《さ》いている。

向こうは大丈夫そうだな。とにかく数が多いからとっとと減らさねえと。

こいつら所詮《しょせん》は寄生体なのか、動きがすっとろい。

蜂の体の使い方にも慣れていないのか、飛ぶのすら下手くそだ。

一斉《いっせい》に襲い掛かってくるかと思いきや、思い通りに体が動かず加勢できてない蜂がちらほらいる。

思っていたほど最悪の状況じゃなさそうだな、なんて思いながらとにかくキノコを斬《き》りまくる。

無我夢中《むがむちゅう》で蜂どもを始末して回る。そういえばだが、キノコの頭を斬ると内部の胞子が勢いよく爆散する。

特に俺には問題はなくて気にしていなかったが、気づけば濃霧で周囲が見えない。

倒せば倒すほどに視界が悪くなっていた。ただでさえ濃かった霧が一層濃厚《のうこう》になり、俺は傍《そば》で戦っているだろうリリアの姿すら見通せなくなっていた。

「そっちは大丈夫か⁉」

返事がない。

「リリア！　おい、リリア⁉」

俺の叫《さけ》びはただ、霧の奥に吸《す》い込まれるだけだった。

……慌《あわ》てるな。

俺は大して移動してないし、向こうもこんな短時間で声も届かないほど遠くに行けないはず。

見えないだけでリリアとの距離は近い。

リリアの状況を考えろ。リリアも戦闘員《せんとういん》として何ら遜色《そんしょく》のない実力の持ち主。

いくら数が多いとはいえ、キノコに寄生されて動きの鈍い蜂ごときに後《おく》れを取るはずがない。

別のイレギュラーな何かが起きたんだ。そしてそれは、俺の声が届いていても返事できないような状況。

まずはリリアを見つけなくてはならない。

俺の周囲はキノコを切り裂いた都合で特段霧が濃く、方角はさっぱりわからない。

まずはこの濃霧を抜ける必要がある。だがしくじってリリアを完全に見失ったら、いよいよ手遅《ておく》れ。

リリアはガスマスクという時間切れがある。ここではぐれたら、死亡する可能性が非常に高い。

「……よし」

これしかない。

すっとろい挙動でこちらに寄ってくる蜂《はち》に掴《つか》みかかり、〝緑色の〟足場のキノコに叩《たた》きつける。

緑の足場キノコは、トランポリンのような性質を持つ。叩きつけられた蜂が天高く舞い上がった。

俺は飛び上がった蜂目掛《めが》けて『絶』による蹴《け》りを繰り出す。

それによって濃厚な胞子の霧を抜け、俺の体が跳ねた蜂のいる高空まで吸い寄せられた。

蜂を蹴り飛ばしながら上空から周囲を見渡《みわた》す。

霧は深く、高所に居てもなおリリアの姿は見つからなかった。

だが、当てはある。

リリアも俺と同様に蜂を切り裂いていた。

であれば、彼女のいる場所は俺と同様に特段濃い霧に包まれているはずだ。

少し離《はな》れた場所の、黄土色が密集した場所。

俺はそこにいるはずのリリア目掛け、絶による飛び蹴《げ》りを繰り出した。

上空から急襲《きゅうしゅう》するようなライダーキック。

濃霧を突き破《やぶ》り俺の蹴りがぶちあたったのは、リリアではなくちくわのような形状の背の高いキノコ。

その筒《つつ》の上端《じょうたん》からは僅かに人の足がはみ出ており、ばたばたと足先を振《ふ》ってもがいている。

位置エネルギーを伴《ともな》った俺の強力な飛び蹴りをちくわキノコは無防備に喰らい、どてっと横に倒れた。

俺はすかさずちくわキノコに駆《か》け寄り、はみ出た足首を掴んでちくわの具を引っ張りだした。

「っぷはっ！　死ぬかと思ったぁ！」

ちくわキノコの筒から出てきたのは、もちろんリリア。

内部は粘液《ねんえき》に満たされていたのか、若草色のどろどろとした粘液でローブを湿《しめ》らせている。

出てきたリリアは即座《そくざ》に怒《いか》り心頭でちくわキノコを真っ二つに斬り裂いた。

「ハァ……ハァ……。かなり命の危険を感じた」

「間に合ってよかった」

「あ、ああ。助かったよ」

あのままリリアがちくわキノコに誘拐《ゆうかい》されたらと思うと心底ぞっとする。

リリアのローブを滴《したた》らせるこの粘液は明らかに消化用。現に分厚い布の生地《きじ》には穴が空いている。

分断された状況でちくわキノコに頭から呑《の》み込まれ、自力の脱出《だっしゅつ》も悲鳴も上げられないまま濃霧の中遠くに連れ去られるという状況。

うまく機転を利《き》かせて最悪の事態は免《まぬが》れたが、かなりヤバかった。

リリアとの一連のイベントが〝終了《しゅうりょう》〟していてもおかしくないアクシデントだ。

「すまん。俺の判断ミスだ」

寄生された蜂のキノコを斬れば容易く倒《たお》せるというのは、とんだミスリードだった。

確かにすぐさま倒せるが、それをすると内部の大量の胞子が爆散し辺りが見えなくなる。

濃霧でパーティーを孤立《こりつ》させ、あのちくわキノコが拉致《らち》して助けすら呼ばせずに連れ去り消化……というのがこの一帯のやり口なんだろう。

まんまとしてやられた。

蜂はわざわざキノコ部分を攻撃《こうげき》しなくても挙動が鈍重《どんじゅう》なので容易く倒せた。

大量の敵に囲まれたという焦りで、判断をしくじってリリアを危険に晒《さら》してしまった。

俺は猛省《もうせい》しながらリリアに謝罪した。

「いい。気にするな。謝罪するのはこちらも同じでな。……今ので、ガスマスクがダメになった」

リリアのマスクを見れば、若草色の粘液によって呼吸部がやや溶解《ようかい》している。

溶解液《ようかいえき》の溜《た》まるちくわキノコに頭から呑み込まれたのが効いたようだ。

マスクをしていなければ、リリアの顔はとうに焼け爛《ただ》れていたかもしれない。

……想像したくないな。

ともあれ、リリアのマスクがもはや長く持たないのは一目瞭然《いちもくりょうぜん》だ。

「……撤退だな」

惜《お》しい気持ちはあるが、今は引こう。

リリアを亡《な》くすよりかはよほどマシだ。

第二十七章　頼れる相談相手

今回の敗因はいくつかあるが、その一番は見積もりの甘《あま》さだろう。

どんな敵がいるか分からない場所に挑《いど》むのに、俺の心構えができていなかった。

地下水道での成功体験が、俺の判断を鈍《にぶ》らせたのだ。

知らない敵が相手でも、慎重に進めばなんとかなると思い込んでいた。

思えばおめでたい勘違《かんちが》いだ。

前にそれが通用したのはあれが序盤《じょばん》のダンジョンで、土偶《どぐう》のシーラという不慮《ふりょ》の事態に柔軟《じゅうなん》に対応できるベテランの同伴《どうはん》があったからだというのに。

一人で地下水道に挑んで濁《にご》り水《みず》に敗走したあの頃《ころ》の謙虚《けんきょ》な気持ちが足りなかったのだ。

今回同行しているリリアは一刻も早く霧を除去したいという想《おも》いから、撤退しようという意見は出にくい。

だからこそ俺の進退の判断が重要だというのに、すっかり目が曇《くも》っていた。

拉致されたリリアを機転によって救出できたのは偶然《ぐうぜん》だ。環境《かんきょう》や俺の少ない手札を考えると助けられない可能性が高かった。

迂闊《うかつ》、慢心《まんしん》。そして過信。

自分一人で何とかできるというのは思い違いだ。借りられる力は全て借りよう。

そう思い直した。

決意を新たに、俺が最初に頼《たよ》ったのはドーリス。

「汚《きたな》いところでわりぃなぁ、新しいアジトはまだ準備中でよ」

リリアに掛けられた傍を離れると死ぬという呪《のろ》いは、いますぐに命をもってかれるものではないと聞いている。

悠長《ゆうちょう》に他のエリアの探索《たんさく》や街の観光をしている暇《ひま》はないが、頼れる知己《ちき》を訪ねるくらいの時間はある。

ドーリスは俺の知り合いの中でもゲーム攻略という観点において最も頼りになる人物だ。しばしば金の話がちらついて気疲《きづか》れするのが難点だが、彼《かれ》と話すことでしか得られないものがある。

ドーリスの携帯《けいたい》マーカーを頼りにワープで訪問した先は、慣れ親しんだ地下水道の広場ではなかった。

やってきたのは吊《つ》るされたランプが放つ橙色《だいだいいろ》の光しか光源のない、薄《うす》ら暗い木造の小屋の中。

俺が湿地《しっち》エリアに発《た》つときドーリスが言っていたとおり、地下水道は引き払って拠点《きょてん》を移していたようだ
ドーリスにエトナにまつわる情報を渡《わた》せない旨《むね》を伝えた際は、テキストメッセージ上での短いやりとりだったからな。

今後も直接顔を合わせて話す際はこの小屋に訪《おとず》れることになるだろうか。

小屋の中は木箱や書籍《しょせき》、素材や果実に張り紙などがあちこち無造作に散らかっている。暗いので良く分からないが、華美《かび》な装飾《そうしょく》の天秤《てんびん》や望遠鏡など価値のありそうなものも散見される。

ドーリスの集める品だし、特別な価値がありそうな品々。見た目通りの用途《ようと》ではないだろう。

なにかのマジックアイテムと考えるのが妥当《だとう》だ。それぞれの用途を聞きたいところだが、今日の趣旨《しゅし》はそれじゃない。

「相談があってな」

「ま、聞くぜ」

彼には地下水道の向こうであった一連のあらましを説明した。

力を借りるなら、そこも情報として提供するのが道理だと思ったからだ。

言わば駄賃《だちん》代わりのようなもの。

対価に求めるのは、あの沼を攻略するうえで不便に思った諸問題の解決策。

第一に視界の悪さ、次いで沼による移動制限。

また多く生息するキノコ型の敵に対する効果的な属性など。

「なるほどなぁ。そりゃ俺に話を持ってきて正解だぜ」

言わずもがな俺はこのゲームの初心者で、外部の攻略サイトによる情報収集をしていない。

リリアもゲーム内NPCであり、ほとんど森を出たことが無いというから知識量では俺と同じようなものだ。

だが、ドーリスなら俺たちが辿《たど》り着けなかった革新的な答えを持っているかもしれない。

むしろドーリスですら対処法が見当もつかないというなら、それこそ諦《あきら》めがつく。

俺が藁《わら》にも縋《すが》る思いで持ち込んだ話を、ドーリスはずっと不遜《ふそん》な微笑《ほほえ》みで聞いていた。

「どれも対処法はある」

いつものうさん臭《くさ》さを隠《かく》そうともしないニタニタとした笑みが、今だけは頼《たの》もしく見えた。

「そういう場所じゃあ視界の確保を何よりも優先するのが常道だ。経験しただろうが、先が見えねえと奇襲《きしゅう》されるわ囲まれるわで酷《ひど》いもんだ。

連れの遠距離攻撃手段《えんきょりこうげき》が完全に腐《くさ》るのも頂けねぇ。それを解決するのは必須《ひっす》だな。

霧だか胞子だか知らねえが、風が吹《ふ》けば局所的には視界が開ける。

風魔法《かぜまほう》の使い手を頼ってもいいし、使い捨てのスクロールを街で購入《こうにゅう》する手もある」

なるほど、道理だ。

全域を晴らすとはいかないまでも、戦闘している一帯の霧を晴らす程度ならその方法が良いだろう。

霧を晴らしてから戦闘に突入《とつにゅう》できるならそれだけで予期せぬ敵の増援《ぞうえん》に怯《おび》える必要もなくなる。

霧が濃《こ》くなることを嫌《いや》がって寄生された蜂の弱点を攻撃できないという状況も避けられるだろう。

咄嗟《とっさ》にお互《たが》いを見失った際の緊急《きんきゅう》用の手段にもなるか。

使い道とメリットが次から次へと思いつくと同時に、霧に対して無策で突《つ》っ込んだ自分の浅慮《せんりょ》さが明らかになっていく。

自己嫌悪《けんお》でメンタルに少なくないダメージが入るが、これも糧《かて》にしなくては。

幸いにも授業料としてリリアの命を持っていかれずには済んだのだ。

今回の一件を薬に精進《しょうじん》しよう。

「スクロールが何かはわかるな」

「ああ」

ずばり、スクロールというのは魔法《まほう》を使えないものでも使える魔法のようなもの。

前に大鐘楼《だいしょうろう》で店を巡《めぐ》った際にちらりと見掛《みか》けていた。

巻物の中に魔法が込められており、封《ふう》を解くことで設定してある魔法が発動する使い捨ての道具。大鐘楼だけでなく、エルフの村にも店舗《てんぽ》はあったが俺自身の興味が薄く詳細に調べていなかった。

明確にスクロールを使用するシチュエーションが思い浮《う》かばず、自分が衝動買《しょうどうが》いしやすい気質なのもあって近寄らずにいたのだ。

安価なら大量に用意してもいいし、そうでなくても非常時の手段として俺とリリアに一つずつくらいは用意してもよさそうだ。

もっとも良いのは、風魔法の使い手を仲間にして、戦闘時に限らず常に霧《きり》のない状況で沼を進むことだが、これは高望みしすぎか？

どちらも要検討だな。

「それと、沼を進むには足に重りを付けるといい」

「重り？　なぜだ」

「足が底に沈《しず》んで踏ん張りが利くようになる。イヒヒヒッ、今となっちゃ半ば常識だが、少し前までこの情報で荒稼《あらかせ》ぎできたんだぜ」

「足に重りか。やってみよう」

「沼といわず深い水辺でも同じことができる。覚えておくことだな」

足に重り。陸での動きが遅くなりそうだが、沼で動けなくなることと比べたら些細《ささい》なことか。これはリリアと相談し、具合のいいものを用意しよう。

沼での移動問題が解決したら、深部への道中がぐっと楽になる。

こんな明確なアンサーがあるのであれば、もっと早くドーリスを頼るべきだったな。

「だが、キノコ共の弱点ばっかりはさっぱりだぜ」

「流石にか」

「お前の話の範囲《はんい》で既に所定の種族にしては幅《はば》が広すぎる。共通した弱点があるとは思わないほうがいいだろうな」

「そういうものか」

「炎は効きそうだが湿地という水気のあるフィールドと相性《あいしょう》が悪いし、満ちた霧との反応も不安だ。

雷《かみなり》の属性も沼を伝播《でんぱ》するから自滅行為《じめつこうい》になりかねない。楽をしようとするより地道に物理で殴《なぐ》るのがいいだろうさ」

「そうか……。いや、助かった」

いやはや、一気に視界が広がった。蒙《もう》が啓《ひら》かれたというべきか。

やはり一人で攻略《こうりゃく》手段を考えるにも限度があるらしい。思考がつい凝《こ》り固《かた》まってしまう。

炎を使えば効果的というのは俺でも思いつきそうだが、それによる副次効果までは思考が及《およ》ばなかった。大爆発《だいばくはつ》が起きたり、空気がなくなって隣《となり》のリリアが窒息《ちっそく》していたかも。

このゲームでは短慮《たんりょ》が何を起こすかわからない。弁《わきま》えなくては。

そもそも、俺自身そう柔軟にものを考えられる方ではない。

ひとりで上手《うま》いこと攻略方法を見出《みいだ》し、その情報をドーリスに売りつけられれば……なんて煩悩《ぼんのう》が悪さをしていたようだ。自分の身《み》の丈《たけ》くらいは、自分で理解しておかないとな。

「イヒヒ、まあ頑張《がんば》れや」

「おう。せいぜい高く売れる情報を持って帰ってくるさ」

相変わらず、ドーリスは頼りになる男だ。これでＮＰＣではないというのが信じられないくらい。

次の沼攻略《ぬまこうりゃく》は、絶対に盤石《ばんじゃく》なものにしてみせるぞ。

第二十八章 ◆ 力を求めて

次に立ち寄ったのはエトナの鍛冶場《かじ》。

理由はシンプルで、武器が欲しいからだ。

腐れ纏《まと》いの副次効果は強力だが、あれはあくまで搦《から》め手《て》にすぎない。

単純な攻撃力《こうげきりょく》の向上が望めないのだ。つまるところ、失敗作の剣《けん》で刃が通らないと、腐れ纏いの刃も通らないのだ。

どちらも攻撃力の値が一緒《いっしょ》のため、硬《かた》い敵にはダメージを与《あた》える手段がない。

俺は目玉キノコと遭遇《そうぐう》した際にその危険性に気づいた。

あいつは幸運にも攻撃のよく通る柔《やわ》らかな弱点部位があったが、今後全身が岩のように硬いゴーレム的な存在が出現する可能性もある。

別にゴーレムじゃなくて岩の怪物《かいぶつ》でもなんでもいいが、とにかく硬い敵に抗《こう》する方法がないのがまずい。

腐れ纏いは流体状の濁り水という敵に対する手段としてかなり有力だし、生体タイプの敵なら腐れが効く。

だがそうでない敵に対して失敗作の剣で戦い続けることに限界を感じたのだ。

元を正せば、大鐘楼の街で斧《おの》やハルバードの購入に踏み切ったのだって更《さら》なる攻撃力を求めてのことだ。

想定する敵は、あの目玉のキノコだけではない。

神殿蜂の巣を案内されたときに親衛隊の蜂を見た。

あいつらは通常の個体よりも堅牢《けんろう》な外殻《がいかく》を備えていた。であれば、キノコに喰われた姉の巣の方にも同様の個体がいると考えていいだろう。

連中相手では流石《さすが》に地下水道のねずみを斬るのと同じようにはいかないはずだ。

まさにその食われているキノコこそが弱点なんだろうが、それを斬りつけて胞子が散って痛い目を見たばかり。

硬い外殻に手も足もでない状況でリベンジにはいきたくない。

これに関するアンサーを用意してから挑まなくては、きっとまた沼のどこかで危機的状況に陥《おちい》って撤退《てったい》するハメになる。

「硬い敵をなんとかしたい」

「……」

こういうのは自分一人でごちゃごちゃ考えるより、専門的な人物と悩《なや》みを共有すべきだ。

なので注文を不躾《ぶしつけ》にエトナにぶつける。

エトナは珍《めずら》しく鉄を打っておらず、鍛冶場で何かの道具の手入れをしていた。

どうも突如《とつじょ》やってきて遠慮《えんりょ》もなしに要望を伝える俺にもすっかり慣れた様子だ。

「あなたが力を求めていることはわかっていた」

エトナが手元に視線を落とす。彼女《かのじょ》が手に持っているものは、アルミホイルを球状に圧縮したような何か。

……このメタルおにぎり、見覚えがあるぞ。

「それは」

俺が大鐘楼で購入したふたつの武器じゃないか。

いつみても無残な姿だ。これがかつて雄々《おお》しい武器だったなんて信じられない。

他のプレイヤーにこれが元はハルバードだったと言っても誰《だれ》も納得《なっとく》しやしないだろう。

俺だってしない。あの衝撃《しょうげき》映像を生で見ていなければ。

しかし、そうか。

エトナも俺が大鐘楼でより攻撃力に優《すぐ》れた武器を買って帰ってきたことで俺が失敗作の剣の攻撃力に不満を持っていたことに気づいていたのか。

であれば、彼女だって腐れ纏いではいずれ攻撃力不足の問題にぶち当たることも見越《みこ》していたのだろう。

「今の私があなたの期待に応えるには、あまりいいやり方がなかった」

エトナは憂《うれ》いを帯びた瞳《ひとみ》で俯《うつむ》きながら、手に持つ金属塊《きんぞくかい》を優《やさ》しく握《にぎ》り潰《つぶ》した。俺は息を呑んだ。

手の中に硬質《こうしつ》の鉄塊《てっかい》があるのが嘘《うそ》のように手が閉じていく。

彼女がゆっくりと手を開くと、手の内にあった粉末と化した金属がさらさらと流れ落ちていく。

俺はただ無言で、エトナの怪力《かいりき》をも超《こ》える謎《なぞ》の力に慄《おのの》いていた。

エトナは優しくてひたむきな鍛冶師だが、彼女の種族はなにか体の内に人を遥《はる》かに超えるすさまじい力が宿っている。

俺がエトナを怒《おこ》らせることで垣間見《かいまみ》えたその力の片鱗《へんりん》は、一度も俺に向けられたことはない。

だが、自分のやらかしによってそれを振るわせてしまっているという罪の意識が俺を怯えさせるのだ。

既に彼女の怒りは解消されてはいる。そのはずだ。

だが、彼女の振る舞《ま》いから心の内に燃える静かな意志の炎《ほのお》を感じ取ったのだ。

『こんな武器にお株を奪《うば》われてたまるか』とでも言いたげな、力強い声なき意志を。

ふ、っとエトナが立ち上がる。

彼女はすたすたと歩きだし、鍛冶場の一角にある刀剣《とうけん》立ての布を無造作に引き剥《は》がした。

そこに立て掛《か》けられていたのは、失敗作と瓜二《うりふた》つの剣。

「これは……！」

失敗作とまったく同じ材質、柄《つか》の作りで、握りの形状も同じ。

だが、そのサイズだけが決定的に異なっていた。

「不器用なやり方だけど、破壊力《はかいりょく》は保証できる」

一言で済ませるならば、巨大。

片手はおろか、両手で握って引きずるように振るうのがやっとなほどの大きさの剣が、そこにはあった。

「これは……いいな」

「……本当？」

「ああ、これがいい」

本当にこんなやり方でよかったのだろうか。エトナの内心にそんな迷いが生じないように断言する。

失敗作の剣の縮尺をそのまま巨大化《きょだいか》させたような、頭の悪い力ずくの産物。

これは、人の身に余るほど長大な剣だ。扱《あつか》いやすい代物《しろもの》とは口が裂けても言えまい。

場所も、状況も、そして相手だって選ぶだろう。

ほとんどの場合、きっとこれの攻撃力は過剰《かじょう》だ。扱いにくさに見合っているとは思えない。

もっと賢《かしこ》いやり方があったはずだ。もっと丁度いいサイズ感にしておけば、もっとバランスを考えた用途の剣の方が。

そんな御託《ごたく》を地平線の向こうに捨て置けるだけの浪漫《ろまん》が、この剣にはあった。

俺、でかい剣すき。

「エトナ、ありがとう」

『失敗作【特大】』を入手した。

第二十九章 ♦ 仲間を探して

切り札となる攻撃力を入手したあと、俺が考えたのは更なる戦力の増強だ。

ドーリスの情報で湿地に充満《じゅうまん》している霧への対策に、風を起こす魔法が効果的だというのがわかった。

となると迷うのは、どうやってその手段を用意するか。

迷っているのは用意する方法ではなく、どの手段を選ぶか。

最も手堅《てがた》いのはドーリスが勧《すす》めたように店でスクロールを購入すること。

俺の懐《ふところ》が痛むという点に目を瞑《つぶ》れば、明らかにこれが選択肢《せんたくし》として丸い。

本当に冷静で堅実に事を進めるのであれば、スクロールを買うべきだ。

だが、俺はもう一つの方法にどうしても魅力《みりょく》を感じざるをえなかった。

ドーリスが提案したもう一つ。それは、風を起こせる仲間を連れていくことだ。

どうしてこちらの提案に魅力を感じるかについては、それは〝提示された新しいシステムを試《ため》してみたい〟というゲーマーなら至極《しごく》当然の習性が悪さしている。

すなわち、『忘我《ぼうが》サロン』の存在。

酒場に寄って同じプレイヤーを探し、仲間として募集《ぼしゅう》するのとは違《ちが》う未知がそこにはある。

忘我キャラの集う謎の多い施設《しせつ》だが、だからこそ情報がまったく出そろっていない。

ドーリスですら部分的にしか知らないとなれば、あれを利用できるプレイヤーはごく一部と思われる。

気になる。

どんな性格、風貌《ふうぼう》のキャラが飛び出してくるか興味が湧《わ》いてしまっているのだ。

間に仲介人《ちゅうかいにん》へ手数料を支払《しはら》うくらいだから、仲間にするやつにある程度の注文は付けられるはず。

他のプレイヤーとパーティー活動してる際は利用できないらしいが、リリアはＮＰＣ側だから問題ないはず。

踏《ふ》み入るエリアの下見は十分すぎるほど行ってあるし、敵の傾向《けいこう》も把握《はあく》している。

忘我サロンを試すには絶好の機会。

俺は悩みに悩み、一人では決めきれなかったためリリアと相談した。

彼女の答えは『かまわん、好きにしろ』というもの。

期せずして背中を押《お》される形になった。

あるいは同行者が増えることを嫌がって反発される可能性も視野に入れていたのだが、彼女は俺《おれ》を信頼《しんらい》してくれているようだ。

なればこそ、おかしなやつを仲間に引き入れるわけにはいかない。

なにせ忘我キャラにはランディープという性格に問題のある前例がいる。

あれは場合によっては大変危険な人格なので、あんなネジの外れた人物をうっかり仲間にしてしまわないよう注意しよう。

あとは、エルフのリリアとの相性も加味する必要があるか。

俺と同じような全身鎧《よろい》のヤツは避《さ》けるべきだろう。上等な装備なら尚更《なおさら》に。

忘我サロンは手数料を払う仲介人がいるだけあって、ある程度は人選に注文を付けられるはず。

厳選するつもりもないが、ある程度は見繕《みつくろ》ってもらおう。

いいのがいなきゃ諦めて風魔法のスクロールを買えばいいだけのことだしな。

そんな楽観もありつつ、俺は忘我サロンへと足を運んだ。

「風が起こせて、毒に強い仲間を探してる。いるか？」

「仲介料《ちゅうかいりょう》を払え。初回だからサービスしてやる、５００ギルでいい」

「おう。意外と安いな」

「サロナーとの契約料《けいやくりょう》が別料金なのを忘れるなよ。待っていろ、裏にいる連中を呼んでくる」

明かりの少ない酒場で、浮かぶ極彩色《ごくさいしき》の大仮面と話す。

仮面の放つ太く低い男声は、妙《みょう》に仮面の風貌と、そして不気味な酒場の雰囲気《ふんいき》にマッチしている。

仲間の条件にはもちろん毒対策の注文を忘れない。せめて沼地《ぬまち》の毒霧の対策は自力でできる人物じゃないと困るからな。

ガスマスクをもう一つ用意する手間も時間もリリアに取らせたくはない。

必然的に呼ばれる面子は無機物系統のキャラクターが多くなるだろうか。

さて、あの仮面はどんなヤツを連れてくるだろうか。

俺の総資産は50000程度。さすがに全額突っ込《こ》みたくはない。

突っ込みたくはないが、予算として全額使用まで想定している。予算はサロナーに用意する回復アイテム分も込みだ。

相場はさっぱり。だが、よほど魅力のない変なのが出てきた場合を除き、俺はサロンを利用する気でいる。

というのも、俺はエトナが修理と武器の提供を無料で請《う》け負ってくれている都合上、金を貯《た》める必要性があまりないのだ。

そう、俺は現状このゲームの通貨に明確な使用用途がない。

少し前まではドーリスから頂いた情報代で鎧や武器を新調する気でいたのだが、それをするとエトナの機嫌《きげん》を損《そこ》ねることが判明したため無しになった。

それこそドーリスから情報を買うのがメインの使い道か？

ただ今回のサロナー契約《けいやく》で所持金を全て突っ込んだあげくうっかり変なスカポンタンを掴まされた場合、リリアと二人で攻略する用のスクロールを買う金額さえなくなる。

さすがにそれはちょっとリスキーかなとも思ったが、金をケチってサロナーに半端《はんぱ》な仕事をされるのも困る。

だから忘我サロンを使うからには、金をケチるのはよそう。そうした決意を持って俺はここにやってきていた。

「あんたの注文に該当《がいとう》するのはこいつらだ。交渉《こうしょう》は手前がやれ」

しばらくした後、仮面が引き連れてきた人影《ひとかげ》は全部で３つ。

頭部が天球儀《てんきゅうぎ》のガイコツ『骨無双《むそう》－検証用type4　裏銀河』。

縄を握る痩《や》せた老人『紐爺《ひもじじい》』。

謎の熱気を放つ赤ずきんの少女『カノン』。
声を掛けんのが怖ぇよ。

第三十章 ◆ あくまで検証用

一度プレイヤーから削除《さくじょ》されただけあって、やってきたのは非常に癖《くせ》の強い面々。

実力は未知数だが、アクの強さは風貌が力強く物語っている。

こんな場でもなければ、おっかなくて自分から声を掛けようなどとは思わないだろう。

だが、俺はこいつらのうち一人を仲間として引き入れなくてはならないのだ。

よく話を聞き、腕前《うでまえ》を見抜《みぬ》かねば。

まずは丸腰《まるごし》のスケルトン、『骨無双－検証用type4　裏銀河』からだ。

外見の最大の特徴《とくちょう》はやはり、頭《ず》蓋骨《がいこつ》が天球儀と半ば融合《ゆうごう》していることだろう。

捨てキャラであることが名前でありありとわかる。このように自我《じが》をもって動き出した姿を思うと、あまりに事務的な名づけが不憫《ふびん》に思えてくるな。

元の製作者が捨てたからにはコンセプトに何らかの問題点があったんだろうが、こいつはどういう傾向なのかね。

「沼探索《ぬまたんさく》の連れを探してる。何が出来る？」

「おれは星辰魔法《せいしんまほう》専門だ」

白骨のガイコツが細い手指を差し出すと、その手のひらの上にビー玉のような色とりどりの球体が出現した。

大小さまざまな球体は、まるで小さな太陽系のようにおなじ中心軸《ちゅうしんじく》で手のひらの上を円《えん》軌道《きどう》に移動している。

「すまん、星辰魔法に詳《くわ》しくない。どんな戦い方をするんだ」

初めてみるこのゲームにおいての魔法のすがたに密《ひそ》かに感動しつつスケルトンに問いかける。

俺はまだこのゲームの戦闘《せんとう》における魔法の役割や活躍《かつやく》を見たことがない。魔《ま》法使《ほうつか》いができる仕事がわからないのだ。

土偶のシーラの眼光レーザーは魔法に分類されるわけではないようだし。

まあこういったゲームにありがちな傾向として、ＭＰのような本人以外不可視のリソースを消耗《しょうもう》して行う遠距離攻撃手段だとは思う。

そして魔法といえば特別な属性を秘《ひ》めているものだ。炎や魔力《まりょく》など、近接で戦うには用意しにくい属性を扱える場合が多い。

とはいえ星辰魔法という謎の多い名称《めいしょう》。本人に聞かなければ、この魔法の概要《がいよう》はわからないだろう。

「戦いに関して表面的なことが知りてえなら、シンプルにデカい球体を呼び出してぶつける魔法だと思ってくれりゃあいい。魔法だが属性の介在《かいざい》しない、純物理の攻撃だ」

「なるほど。風を起こせるやつで募集を掛けたんだが、星辰魔法でも同じことができるのか？」

「あん？　そりゃあ星を回しゃあ風くらい起こせるだろうよ」

スケルトンは何を簡単なことをと言わんばかりにあっけらかんと言った。それくらい出来て当たり前だと確信を持っている言い方だ。

要するにいま手のひらの上でビー玉サイズの球体を衛星のように回しているのと同じことを、より大きいスケールの球体でやるのか。

沼地は霧こそ濃いが開けた場所だし、周囲を星に回転させるのはできそうだ。いくつかの球体を高速で円回転させれば近くの霧くらいは晴れるかもしれない。

というかそれだけで近寄ってきた敵もひき殺せそうだ。なんだかレトロなシューティングゲームのオプションアイテムを彷彿《ほうふつ》とさせるな。

すごいぞ星辰魔法。まったく視野になかった戦法だ。

「いい機会だ、教えてやる。星辰魔法使いの強さを量る指標はいくつかあってな。星の質や大きさにも練度が現れるが、一番は呼び出せる星の数だ」

「どれくらいの数が一般的《いっぱんてき》なんだ？」

「ひよっこは1つ。熟練して3つ」

「へえ。じゃああんたは？」

「12」

言うや否《いな》や骨の手の上を巡る星々がテニスボール大まで拡大した。

とんぼ玉のように無数の色が入り混じった球体群は、その数を数えるとたしかに12個あった。

熟練した星辰魔法使いの星の数が3というなら、上級者の星は5程度であって然《しか》るべきではないのか？

いきなり数が飛び過ぎだろう。

「あー。つまり、お前が規格外という認識《にんしき》で合っているか？」

「ああ」

一応、ウソをついている様子はない。

というか懸念《けねん》していなかったが、実力について虚偽《きょぎ》の申告《しんこく》をされる恐《おそ》れもあるのか？

いや、そこまで気を回す余裕《よゆう》はないぞ。12の星を扱えるなんてド級の魔法使いが出てきたせいで急に信憑性《しんぴょうせい》が疑わしくなってしまったが、考えるのはよそう。

貴重な上級魔法の使い手と巡り合えたと考えるべきだ。

今のところかなり有能そうだしな。これからどう転ぶかわからんが、性格がヤバそうな兆候もない。

「6で銀河。12で裏銀河。星辰《せいしん》の学徒に与えられる称号《しょうごう》だ。銀河はともかく、まともなまま裏銀河に至ったやつはまだいねえ」

「なら、お前もまともじゃないのか？」

「いかにも、俺が裏銀河の境地にいるのには訳がある」

やはり。12なんて飛躍《ひやく》した数字が出てきたときに嫌な予感がしていたんだ。

「その訳とはなんだ」

「俺は生命力を消耗して魔法を行使する体質でな。戦ってるうちに自壊《じかい》して死ぬ」

「……なるほど」

大問題じゃねえか。

「付け加えるなら、ただ死ぬだけじゃない。派手に爆散して周囲の味方もろとも巻き込んで死ぬ」

「危険すぎる」

訂正《ていせい》しよう、超《ちょう》・大問題だ。ピーキーすぎんだろ。

今までの有能そうな雰囲気が全部帳消しだよ。

「これも星辰魔法の一つだ。自らの運命を星の終末に見立てることで、星辰魔法への適性を強引《ごういん》に引き上げている」

「それで自爆《じばく》してちゃあ世話ないだろうが」

「だが、対価に手に入れた力は絶大だ」

「むぅ」

それを言われると反論しにくい。事実、このガイコツはそれで数少ない裏銀河に至っているわけだし。

このキャラが検証用と銘打《めいう》たれ削除された経緯《けいい》がちょっとだけわかったぞ。

実用性を全てかなぐり捨てて、とにかく上級の星辰魔法を使ってみるために作られたキャラなんだ。

リソース確保のために体力を消耗するのまではともかく、味方を巻き込んで自滅《じめつ》するのはあまりに実用性を欠く。

「まあ、あんたのことはよくわかった。今回は探索《たんさく》も兼《か》ねていてな、あんたは長期戦には向かないから趣旨には合わん」

「そうかい。ま、そんな気はしてたぜ。星とその爆発《ばくはつ》が必要になったらまた呼んでくれや」

一人目、星辰魔法使いの『骨無双－検証用type4　裏銀河』との相談は破談となった。

どうしても倒《たお》せない強敵相手に玉砕覚悟《ぎょくさいかくご》で突撃《とつげき》するにはアリかもしれないが、今は仲間にするには憚《はばか》られる。

リリアというトレードオフの人物も同行するわけだし、爆発に巻き込まれたら大ごとだ。自滅を代償《だいしょう》に至ったという星辰の上級魔法を一目みたい気持ちもないではないが、今回は縁《えん》がなかったな。

残る二人もこんな短期決戦用のやけくそビルドじゃないだろうな？

第三十一章◆オーソドックスな外見？

「話は聞いていたぜ。儂《わし》はパスだ」

「いきなりか？　一応、訳を聞かせてくれ」

星辰魔法使いのガイコツとの相談が終わったタイミングで、老人のしわがれた声が横から聞こえてきた。

声の主は隣の忘我キャラ、『紐爺』だ。

どうも外見からキャラの方向性が判断できない。縄をその手に握っているのが唯一《ゆいいつ》にして最大の特徴なんだが、材料が少なすぎる。

見た目だけじゃどういう戦い方をするのかさっぱりだ。

しかし彼《かれ》も候補として仮面に呼ばれた以上、毒耐性《たいせい》と風を起こす手段を持っているはず。必要な条件を満たしているにも拘《かか》わらず、それを自分から辞退するとはどういうわけなのか。

「お前さん、さっき沼探索するって言ったよな？　だったらお断りだ」

「なぜだ。沼《ぬま》だとダメなのか」

「儂は『ローパー』だ」

老人が手を伸《の》ばす。するとその腕《うで》が紐《ひも》のように解け、老いさらばえた翁《おきな》の腕は無数の細い触手《しょくしゅ》に変貌《へんぼう》した。

それはタコのような生き物らしい気色悪い造形ではなく、麻《あさ》で編まれたロープのような外見の触手。

なるほど、紐爺とはふざけたダジャレだと思ったが、彼の名はしっかり体を表しているようだ。

「儂は汚《よご》れた水に弱い。沼の泥《どろ》なんざもっての外じゃ」

「そうなのか？　種族特有の弱点に理由があるなら仕方ないか……」

「すまんの。そういう訳なんで他を当たってもらう」

詳細《しょうさい》はわからないが、ローパーなる種族は汚水《おすい》等に汚されるとコンディションに悪影響《あくえいきょう》があるようだ。

であれば、俺の目的が沼にあると判明した時点で依頼《いらい》を断るのも道理か。

となると、やはり忘我サロンを利用するなら攻略先の下見は必須《ひっす》だったな。

やってくる人物たちが一度破棄《はき》されたキャラというだけあって、ビルドの方向性が極度に尖《とが》っている。

相性の悪い場所に連れていってしまったら金を無駄遣《むだづか》いするハメになりそうだ。

「ところで興味本位で知りたいんだが」

「なんじゃ」

「風を起こす手段や毒の対策はどうなってる？　呼ばれたからには何かあったんだろう？」

沼というエリアとの相性こそ悪かったが、この爺《じい》さんも俺の募集要項《ぼしゅうようこう》の条件は満たしているはず。

今後の参考になるかもしれないし、いかなる手段で毒と霧《きり》の対策を講じているか知りたかった。

「霧と毒はな、儂吸える」

「吸える？」

バラけさせていた縄を収縮させ一本の腕に戻《もど》した老人が事もなげに言う。

しれっとやっているが、人間の姿とロープとしての触手の姿をコンスタントに切り替《か》えている。

ランディープがやっていたように人間の状態と人外の姿をスイッチする種族は案外ありふれている可能性がある。

にしても霧と毒を吸えるとはどういうことか。口ぶりからして、ローパーという種族が持つ基礎的《きそてき》な力のようだが。

「儂の種族、ローパーてのはいろんなモンを触手に吸わせて自分のもんにできんのよ」

「かなり強力じゃないか」

「それがのう、やっぱり何事にも限界ってものがあんのよ。沼がダメなのも片っ端《かたぱし》から吸って満杯《まんぱい》になっちまうからじゃ」

なんと。では吸収行為《こうい》が半強制なのか。自分でコントロールできないとなると確かにそれは少々厄介《やっかい》だな。

最強の力に思える吸収も、無差別で発動するとなれば必ずしも有利に働くとは言えないか。

吸収容量に限度があるとなればなおさらだ。沼というフィールドに向かう俺の依頼をまっさきに断った理由がよくわかる。

「やはりそう都合よくはいかないか」

「霧程度なら辺りを晴らし続けるぐらいはできるがの、足場が沼じゃ無理無理」

強そうだと思ったのに。

いや、だとしても面白《おもしろ》い特色だ。

触手の数だけいろんな毒を吸わせて保持できたりするのだろうか？

これはかなり興味深い種族だ。沼という環境《かんきょう》のミスマッチさえなければ、ぜひとも同行して欲《ほ》しかったくらいだ。

と、俺は紐爺との縁が無かったことを惜《お》しく思っていたのだが、彼の方が切り替えが早かった。

「あとのことは、お若いお二人さんでな」

話はここまでだと言わんばかりに手を振《ふ》り、隣《となり》に座《すわ》る少女に関心が行くように水を向けたのだ。

最後の一人は赤ずきんの見た目をした少女。たしか名前はカノンといったか。

アグレッシブな外見をした今までの二人と比べると、ややパンチ力に欠ける見た目だったために印象に残りづらかった。

謎の湿《しめ》っぽい熱気を放っていることがやや気になるが、赤ずきんという外見はオーソドックスな方だし。

「やっと私の出番かよ」

3人目ということもあって話しかけることに慣れ始めた俺だったが、最後の一人は自分の番を待ちかねていたらしい。

丸椅子《いす》に腰《こし》かけて待っていた赤ずきんの少女が深い溜息《ためいき》を吐《つ》く。

すると同時に、彼女は体のあちこちから白い蒸気を吹《ふ》き出した。

熱気の籠《こも》る水蒸気で外套《がいとう》がめくれ上がる。

露《あら》わになったのはゴシック調のドレスとそこから露出《ろしゅつ》した真鍮《しんちゅう》のボディ。

随所《ずいしょ》に蛍光色《けいこうしょく》に発光する液体の満ちた容器があしらわれており、頭巾《ずきん》で覆《おお》われていた肩《かた》の片方には蒸気を吹き出す細いパイプ管群が天を向いていた。

「オートマタのカノンだ。黙《だま》って私を連れてけ」

なんと赤ずきんちゃんはスチームパンクなアンドロイドだった。

よし、彼女をオーソドックスな外見と称《しょう》したことは撤回《てっかい》しよう。

第三十二章 ♦ 契約完了

「事を急《せ》くな。乗り気なのはありがたいが」

被《かぶ》った赤いずきんをそのままに、カノンという名の少女は肩のパイプ管からブシューッとひと際強く蒸気を吹き出した。

そこまで注視していなかったとはいえ、最初に見た時はこんな姿ではなかったはず。

とりわけ目立つ煙突《えんとつ》のようなパーツはシルエットさえ記憶《きおく》にないから、先ほどまでは体内に格納していたのだろうか？

どう見ても純粋《じゅんすい》な人間ではない彼女は、自らの種族を『オートマタ』と名乗った。

オートマタ。雑に訳すと自動人形。人間を模したからくりといったところだが、彼女も忘我キャララしくプレイヤーがクリエイトしただけあって独創的なデザインだ。

赤ずきんの装《よそお》いとメカニカルな真鍮の金属部品は綺麗《きれい》に融合しており、先進的なヴィジュアルは同時にまとまりもあった。

「どうせドクロとジジイは仕事を降りたんだ。消去法で私しかいないんだからとっとと契《けい》

約《やく》しようぜ」

「確かにそうだが、契約はあんたの出来ることを聞いてからだ」

「まどろっこしいなあ。ま、いいや。なんでも聞いてくれ」

丸椅子に腰を落ち着けたままカノンは、両足をぱたぱたと振りながら頷《うなず》いた。

ふむ。最初の言葉が強引な物言いだったので警戒《けいかい》していたのだが、どうやら無理やり契約しようとして来るような手合いではなさそうだ。

にしても、彼女《かのじょ》を作り出したプレイヤーは相当な凝《こ》り性《しょう》のマニアに違いない。かなり完成度が高いぞ。

頭を覆う赤い頭巾に艶《つや》のいい金髪《きんぱつ》、勝気で意志の強いグリーンの瞳、真鍮のパーツが入り混じった白いゴシックな衣装《いしょう》。

活発な言動に似つかわしい整った少女の顔立ちは、無機物であるとわからないくらい感情が乗っていた。

これほどキャラの出来がいいと、作製者がこのキャラを手放した理由が気になってくるな。

有り体《てい》に言って、俺は彼女が星辰魔法使いのガイコツのようにビルドに致命的《ちめいてき》な欠陥《けっかん》を抱《かか》えているのではないかと疑っているのだ。

ただの邪推《じゃすい》で終わってくれるといいんだが。

「差し当たり、毒や沼という地形に弱かったりはしないよな？」

「毒は効かない。沼地はなー、まあ得意でもないけどダメってほどでもないぜ」

「そこはほとんど俺と同じようなものか」

オートマタの彼女は体が無機物なので毒は無効といったところか。

沼地に対しては可もなく不可もなく。地に足をつき、歩いて移動する以上は仕方ないな。

これに関しては空を飛んでる種族でもない限りどうしようもないし、先ほどの紐爺のように決定的な弱点でなければ構わない。

「沼に満ちる霧を晴らす手段を持っているはずだな？　どんなやり方だ」

「それなんだけどさ、私の攻撃《こうげき》手段とセットなんだ」

「というと？」

「爆発物《ばくはつぶつ》を投げるのが私の戦い方なんだ。強い風圧だけを起こすやつもその中にある。ほら」

カノンはカウンター上の葡萄酒《ぶどうしゅ》と硬《かた》く焼きあがったパンの飛び出すバスケットを手に取り、覆っていた布を取り払《はら》って中身を俺に見せた。

バスケットの中に敷《し》き詰《つ》められていたのは、妖《あや》しげな光を放つたくさんの瓶《びん》やカプセル、果物など。瓶のラベルには爆発や閃光《せんこう》、稲妻《いなずま》などを象《かたど》ったイラストが描《えが》かれている。

果物はりんごや梨などありふれたものだが、毒々しい紫色《むらさきいろ》だったり紅色だったりと尋常《じんじょう》な果物ではないことが明らかか。これらも投擲《とうてき》でなにか効果のある代物か。

「面白いな」

となると分類は後衛か。後ろからぽいぽい物を投げて戦うスタイルだな。

リリアの投擲ナイフは先手をとるのに充分《じゅうぶん》な遠距離《えんきょり》攻撃《こうげき》手段だったが、攻撃力に乏《とぼ》しかった感は否めない。

そこのところをカノンであればより強力な形で先制攻撃できそうだ。

リリアはレイピアを用いた近距離《きんきょり》戦闘《せんとう》もできるし、立ち位置を準前衛にシフトすれば役割が被ることもない。

となると、次に気になるのは継戦《けいせん》能力か。

「フィールド探索がメインなんだが、どれくらいで弾切《たまぎ》れする？」

「無限とは言えないが、時間で生成できるから心配ないぜ。さすがに強力なやつはすぐに作れないけどさ」

これも問題なしか。あれ、かなり良いんじゃないか？

開口一番に私と契約しろと豪語《ごうご》するだけのことはあるな。素晴《すば》らしく優良な物件だ。

なにか他に懸念事項《けねんじこう》はあったかな。

「おっと、そうだ。同行者にエルフがいるんだが、何か隔意《かくい》とかはないよな」

「ん？　んー……。私はいいけど、私の真鍮は嫌《いや》がるんじゃないか？」

「む、確かに。それはそうかもしれない」

いけね。見過ごしていた。

まあでも大丈夫《だいじょうぶ》なんじゃないか？　ガスマスク越《ご》しとはいえ、リリアはあの鉄まみれのラボの中に入れたくらいだし。

いい顔はしないだろうが、それを理由に協力を拒《こば》むこともないだろう。

となると、いよいよ問題なしだな。

第一印象はちょっとアレだったが、少し話してみたところ彼女におかしなところはなかった。

うむ、心が決まった。カノンと契約する方向で話を進めよう。

「恐らくだが、それも問題ない。契約しよう」

「おっしゃ、やった！　やっぱそうこなくちゃな！」

「リビングアーマーのアリマだ、よろしく頼《たの》む。それで肝心《かんじん》の依頼料《いらいりょう》なんだが……」

「１０００００で！　破格の金額だろ！」

「……むむむ」

10000とな。困った。

分かっていたことだが、相場がわかんねぇ。

これって高いのか？　安いのか？

カノンの口ぶりだと、あたかも格安かのような言い方なんだがなぁ……。

「安すぎて不安か？　もちろん理由があってさ。代わりに持ち込む回復アイテムの量を奮発してほしいんだ」

「一応、理由を聞かせてくれ」

「探索の途中《とちゅう》で私だけ力尽《ちからつ》きて脱落《だつらく》とかご免《めん》だからな。私の回復を手厚く行うのがこの依頼料の条件だぜ」

「……わかった。そういうことなら、その金額で雇《やと》う」

「よしよし、話がわかるじゃないか！」

上機嫌《じょうきげん》にうなずく赤ずきんの少女を前に、俺は騙《だま》されているのではという疑念に気が気ではなかった。

いや、観念しよう。予定していた総資産にして総予算の50000を大幅《おおはば》に下回る額で契約できたんだ。

今回は勉強代として吹っ切るしかあるまい。騙されてたらそのときはそのときだ。

「ほら、これ契約書《けいやくしょ》。忘我サロンの会員証が判子になってるからしっかり押印《おういん》してくれ」

仮に吹っ掛《か》けられてたとしても、余った金で彼女の望み通り回復薬をたらふく用意してこの赤ずきんの少女を酷使《こくし》してやればいいじゃないか。

そう思いながらカノンから差し出された契約書に判を押し、約束の10000ギルを支払う。

これで契約成立かぁなんて思ったのもつかの間。

対面の少女は、ひときわ喜色の乗った声で言った。

「いや嬉《うれ》しいなぁ！　オートマタの回復アイテムって特殊《とくしゅ》でさ、自分で用意すると高額だから参ってたんだ！」

「えっマジ？」

あれオートマタって普《ふ》通《つう》のポーションじゃ回復できない感じ？

そっか俺と同じ無機物系統なんだからそりゃそうだよね。

え、俺やっぱりこれ一杯《いっぱい》食わされた？

いやまて、あわてるな。

契約自体はもう10000ギルで成立させたんだから、前言を翻《ひるがえ》して回復アイテムを買わずに連れていけば――

「あ、回復ケチったら自爆して即《そく》帰るからそこんとこよろしく！」

ひどい。

第三十三章 ♦ 最近のニュース（掲示板）

1：力こそ聖女
最近判明した面白いニュースとかあったら教えてくれー

2：道半ばの名無し
また聖女が雑なスレ立てておるわ

3：道半ばの名無し
みんな肝心な情報は黙秘してるけどな

4：道半ばの名無し
まあデカい稼ぎ場とかもギルド単位で囲い込んだりしてるみたいだし

5：道半ばの名無し
隠さないで公開してるのは生きPediaくらいじゃない？

6：道半ばの名無し
スレに集まるような情報は基本しょっぱい

7：力こそ聖女
まあそういわずに
なんかおもろいニュースひとつくらいはあるでしょ

8：道半ばの名無し
実際なんかあった？

9：道半ばの名無し
んー

10：道半ばの名無し
結局至瞳器まわりもまだ進歩してないしねぇ

11：道半ばの名無し
最近のニュースっていえばやっぱり大鐘楼の件？

12：道半ばの名無し
なんそれ

13：力こそ聖女
おしえておしえて

14：道半ばの名無し
スイートビジネスが絡んでるやつね

15：道半ばの名無し
なんか大鐘楼の地下にダンジョンが見つかったらしい

16：道半ばの名無し
ほー

17：道半ばの名無し
初耳やね

18：道半ばの名無し
マジ？　結構有名かと思ったけど

19：道半ばの名無し
あれ、意外とまだ浸透してないんだこの話

20：道半ばの名無し
どんな感じなん？

21：道半ばの名無し
調べたら確かに生きPediaの攻略サイトに入り口の座標載ってるね

22：道半ばの名無し
相変わらずあそこの情報ははえーな

23：道半ばの名無し
じゃあ開放もされてんだ

24：道半ばの名無し
いや、スイートビジネスのメンバーのみっぽい

25：道半ばの名無し
なんじゃい

26：道半ばの名無し
ぺっ

27：道半ばの名無し
一応すぐに一般開放するって声明だしてるけど

28：道半ばの名無し
やっぱでかいギルド所属してないとちょくちょく損あるよなぁ

29：道半ばの名無し
所属する恩恵は露骨にあるね

30：道半ばの名無し
生きPediaとかは規律とかない緩いギルドだしとりあえず加入しときゃあいいじゃん

31：力こそ聖女
ギルドに迷ってるならウチくる？

32：道半ばの名無し
よくいうわ、歓迎する気もないくせに

33：道半ばの名無し
聖女んとこは入団試験がきついで有名だろがよ

34：道半ばの名無し
そうなん？　俺しらんわ

35：力こそ聖女
攻撃力が高ければだれでも入れるよ

36：道半ばの名無し
誰でも（誰でもとは言ってない）

37：道半ばの名無し
攻撃のステに超特化させてないと突破できねーよあんなん

38：力こそ聖女
じゃあ攻撃のステに超特化させたらいいじゃん

39：道半ばの名無し
ほんまこいつ頭聖女

40：道半ばの名無し
これだから聖女は

41：道半ばの名無し
で、その地下水道についてなんかわかってる事はないの？

42：道半ばの名無し
開放されたら覗き行きたいなー

43：道半ばの名無し
難易度とかどんなもんなんだろ

44：道半ばの名無し
大鐘楼ならほぼ誰でも行けるよ

45：道半ばの名無し
アクセス容易だしチョロいんじゃね？

46：道半ばの名無し
いや、それが結構癖が強いらしいぞ

47：道半ばの名無し
ほーん？

48：道半ばの名無し
俺のフレンドがスイートビジネスの新入りなんだけど、状態異常のオンパレードで結構キツイみたい

49：力こそ聖女
あらま

50：道半ばの名無し
ほー

51：道半ばの名無し
そりゃだるいわ

52：道半ばの名無し
解毒薬は種類も多くて金もかかるんだよなぁ

53：道半ばの名無し
その情報だけで行く気失せたわ

54：道半ばの名無し
状態異常回復の魔法最近覚えたし行ってみようかな

55：道半ばの名無し
いや、やめといたほうがいい
疫病が出たって話だぞ

56：道半ばの名無し
オエーッ！

57：道半ばの名無し
大鐘楼の地下に疫病配置すんなよ!?

58：道半ばの名無し
行かないことを誓いました

59：道半ばの名無し
無機物系の種族でもなきゃ敬遠しちゃう

60：道半ばの名無し
疫病ってどんな症状だっけ

61：道半ばの名無し
まだ味わったことがないのか

62：道半ばの名無し
幸せなやつめ

63：道半ばの名無し
>>60
視界不良、耐久が紙になる、割合のスリップダメージ、回復アイテム効果半減
そしてトドメの周囲感染

64：道半ばの名無し
ぶっちゃけ一番やべーの視界不良だと思ってる

65：道半ばの名無し
視野狭窄はメンタルに来る

66：道半ばの名無し
準備できてても仲間が正しい処置行えるとも限らんし

67：道半ばの名無し
てか準備できてなかったらパーティー全滅はほぼ確定なんだわ

68：道半ばの名無し
できてても半壊するケースがほとんどなんですけどね

69：骨
やはり種族はスケルトンをチョイスすべきだ
スケルトンは疫病にかからない

70：力こそ聖女
うわでた

71：道半ばの名無し
骨だ

72：道半ばの名無し
これが噂の
俺初めて現物と遭遇した

73：道半ばの名無し
スケルトン布教おじさんあらわる

74：道半ばの名無し
てかスケルトンに限らず無機物系の種族はやっぱ優遇されてるよな

75：道半ばの名無し
それはまあ明らかにそう

76：道半ばの名無し
状態異常系はほぼ完全無効だし

77：道半ばの名無し
種族差はあるけど属性への耐性も高いしなー

78：道半ばの名無し
てか人間型が脆弱すぎることない？

79：道半ばの名無し
まあね

80：骨
それはお前のカルシウムが惰弱なだけ
スケルトンは人間型の括りだが良質な骨によって構成されているため非常に強力

81：道半ばの名無し
でも無機物系は生活する遊び方が完全に死ぬっていうクソ

デカデメリットあるんだよな

82：道半ばの名無し
そうなんよ

83：道半ばの名無し
酒場で飯食えないのはやっぱ悲しいよ

84：道半ばの名無し
最初に無機物系選んだプレイヤーでもそのあたりを理由にキャラ作り直した層は多いしな

85：道半ばの名無し
多少の不便を容認してでも人間の姿でいたいプレイヤー層は多い

86：骨
ならばスケルトンを選べ
人間の姿でいながら無機物としての利便性がある

87：道半ばの名無し
骨は人間の姿じゃねーんだわ

88：道半ばの名無し
これだから骨キチはよ

89：道半ばの名無し
微妙に話が通じないんだよなー

90：道半ばの名無し
もはや掲示板を彷徨う妖精

91：道半ばの名無し
これ見てるやつ骨の話あんまり真に受けるなよ

92：道半ばの名無し
骨のプロパガンダに踊らされてスケルトンで始めると苦労するからな

93：道半ばの名無し
生きペディアのオススメ種族にスケルトン入ってない時点でお察し

第三十四章 ◆ 回復アイテムお買い求め

カノンに一杯食わされた俺は、そのまま忘我《ぼうが》サロンを出て大鐘楼の店までカノンに連れていかれた。

目的はもちろん彼女のための回復アイテムを購入《こうにゅう》すること。

あのときは勢いで回復アイテムを買わずにおけばなんて思ったが、冷静に自分の思考を思い返すとあまりに不誠実だったな。

カノンは事前に条件を提示していたわけだし。平静さを失って浅はかな真似《まね》をするところだった。

思考を先回りするように釘《くぎ》を刺《さ》してきたカノンには感謝せねばなるまい。

しかしカノンにはしてやられたものの、三人の中では他に選択肢《せんたくし》もなかったし彼女の戦《せん》闘《とう》スペックも申し分はない。

もちろん釈然《しゃくぜん》としない気持ちはあるが、この気持ちは一旦《いったん》飲み下そう。

複雑な気持ちを整理しながらカノンに案内されて辿《たど》り着いた店は、リサイクルショップ。

店内は明らかに中古とわかるような品が値札付きで並べられている。

ちょうど最近行ったシャルロッテの工房《こうぼう》をお行儀《ぎょうぎ》よくしたような店構えだ。置かれている品物の用途《ようと》が不明なのも含《ふく》めて既視感《きしかん》がある。

「リビングアーマーのアリマには縁《えん》が無いかもだけど、ここはからくり系の種族御用達《ごようたし》の店だぜ」

「そうなのか？　言っちゃ悪いがガラクタだらけに見えるんだが……」

用途不明のプロペラとかタンスとか鍋《なべ》のフタとか。なんか、どれも役に立つようには思えないぞ。

あ、でも中には拡声器やランプなど、考えようによっては使えそうなものもある。

玉石混交ではあるのかもしれないな。まあ、だとしても全てジャンク品のようなので俺には使い道がないだろうが。

「機械系は部品を後付けできるからな。私から見たらお宝だらけだぞ」

「なに？　そういうことなら一気に話が変わってくるぞ」

まっさきにガラクタ認定《にんてい》したプロペラとかかなり悪さができそうだ。機械系統の種族特有の楽しみ方とかがあるに違《ちが》いない。

俺は種族リビングアーマーとして遊んでこそいるが、こうも種族固有の楽しみ方があるのを観測し続けていると他の種族にもついつい誘惑《ゆうわく》されてしまうな。

たぶん、俺以外にも他種族特有の楽しさに誘惑されてサブキャラを作っている人もいるんじゃないか？

俺は一個のデータをじっくり進めたい派なのでまだサブキャラを作る予定はないが、思いを馳《は》せるだけならタダだ。

魔《ま》法使《ほうつか》いとかオートマタとか、このリビングアーマーのデータをやることがなくなるくらいやり込《こ》んだら作ってみたいな。

まあこの調子じゃあいつになるかわかったもんじゃないけどな。このデータの進行度が半端《はんぱ》な状態で新データを作るつもりはないし。

俺の性格上、データを複数作ってしまうとやり込みの集中が分散してしまい、結果すべてのデータが中途半端《ちゅうとはんぱ》になってしまうのだ。

こればっかりは性格だな。

「お、アリマも興味が湧《わ》いてきたか？　なんなら私のために手ごろな部品を買ってくれてもいいんだぜ？」

「馬鹿いえ、無駄遣《むだづか》いする予算はないぞ」

「わかってるわかってる、言ってみただけだ」

俺の手持ちの金額はざっくり40000程度。沼地《ぬまち》をスムーズに移動するための足装備についてはリリアの方で人数分用意できると連絡《れんらく》があった。

そのために予算を残す必要がないことは確認済《かくにん》みだが、どうしたもんかな。

彼女が後衛になる都合上、被弾《ひだん》する頻度《ひんど》は最も低くなるはずだが備えるに越したことはない。事実、前回の沼探索《ぬまたんさく》では背後から奇襲《きしゅう》されて危機に瀕《ひん》したばかりだ。

あれは濃霧《のうむ》で周囲の視界が悪かったという前提もあったが、それに限らず不測の事態というのは常に起きるものだ。

「そこの棚《たな》のやつ、それがオートマタ用の回復アイテムだぜ」

「これか。『応急修理材』。ひとつ5000ギルは高いな……」

「だろー？　私も参ってるんだよなぁ、おかげでおちおち冒険《ぼうけん》もできないぜ」

後頭部に手を組んで呟《つぶや》くカノンの声色《こわいろ》には、不安と苦労が滲《にじ》んでいる。

ああ、わかるよその気持ち。俺も手軽に回復が出来ない身の上でな……。

エトナと出会えてなかったら俺も冒険に出られなくて困っていたわけだし。

金策ができないと身動きが取れなくなるオートマタも中々に世知辛《せちがら》そうだ。

オートマタなら外装パーツも買い集めたいだろうに、資金の扱《あつか》いがカツカツの難しい種族だな。

さて、オートマタ用回復アイテムとやらの見た目はやや大きめの瓶。とろみのあるねずみ色の液体が満ちている。

オートマタに使えるんなら俺にぶっかけたら鎧《よろい》修復したりしないかな。無理か、オートマタ用だって言ってるもんな。

にしても俺の全財産を投じても購入できるのは8つか。8つを過剰《かじょう》と思うか、不安と思うかは人に依《よ》って分かれるところだが……。

俺としては正直なところ8つは過剰だと思う。カノンは後衛だし頻繁《ひんぱん》にダメージを食《く》らうような立ち位置にはない。

沼《ぬま》の攻略に限って考えれば、3つ。多くとも5つ程度で十分なのではないか。

と、最初はそう思っていたのだが、ふと気づいた。

リリアと女王蜂《じょおうばち》の頼みを聞いて沼の奥地《おくち》を探索《たんさく》するのが現状の目的だ。それには8つという数は過剰かもしれない。

しかし俺にはその後も湿地《しっち》エリア全域の探索という第二の目標があるのだ。

マップを埋《う》めればドーリスからマップ代として更《さら》なる情報料がもらえる。

このマップ埋めという行為《こうい》が、ぶっちゃけるとかなり大変なのだ。時間もかかるし敵と遭遇する回数も多い。

地下水道のマップ埋めが容易に行えたのも同行してくれたシーラの後方射撃《しゃげき》が心強かったからこそだ。

湿地探索までリリアが手伝ってくれるかは不明だが、契約《けいやく》を結んだカノンは必ず同行してくれる。

沼地攻略《ぬまちこうりゃく》と毒霧《どくぎり》の根絶。しかるのちの湿地全域探索。

説明を聞いた限りでは、時間経過で投擲アイテムを生成できるカノンの性質は探索や長期戦に強い。この二つの目的のために彼女を連れまわすことを思えば、全財産をはたいて回復アイテムを購入する価値はあるだろう。

俺はそう結論づけ、棚から8つの修復材を手に取った。

「マジかよ、8個も!?　私が言うのもなんだがいいのか？」

「おう。使えるものは何でも使う主義でな。長い付き合いになるぞ」

赤ずきんの少女は俺の選択《せんたく》に驚《おどろ》いた様子だった。なんだかんだで俺がもっとお金を節約すると思っていたのだろう。

しかし俺が考えも無くアイテムを買い込んだわけではないことを察し、びしっと俺を指さした。

「……さてはお前、私のこと相当酷使する気だな！」

「ハッハッハ！　大枚はたいた分の仕事はしてもらうぞ！」

ぶっちゃけ期待しているからな、この赤ずきんには。

第三十五章 ♦ リリアとカノンの顔合わせ

大鐘楼の街でカノン用の回復アイテムを買い込んだ俺たちは、再び湿地へ舞《ま》い戻《もど》ってきていた。

湿地の入り口には初めてきた際に起動したワープポイントがあるので、そこを集合場所としたのだ。

忘我サロンで契約したカノンだが、きちんとワープに同行してきてくれた。徒歩じゃないとはぐれてしまうなんて鬼畜《きちく》仕様はないようで安心した。

当初はエルフの森で再集合してもいいかもとも思ったのだが、森を抜《ぬ》ける手間が掛かる上にそもそも俺はあの村にワープする手段を持っていない。

第一リリアの先導なしであの森に踏《ふ》み込みたくないしな。

俺の鎧にダメージが入って不利な状況《じょうきょう》で沼探索をするハメになりかねないし、カノンの回復アイテムも消耗《しょうもう》したくない。

そういう訳で俺たちは湿地の入り口地点を待ち合わせ場所にしていた。

「来たな。そいつが新たな協力者か。また金属の臭《にお》いが強くなったか……」

「なんだ、エルフって聞いてたけどオートマタでも通用しそうな恰好《かっこう》じゃないか」

既《すで》にリリアは待ち合わせ場所に到着《とうちゃく》しており、腕《うで》を組んだまま無愛想に俺たちを出迎《でむか》えた。どうやら俺たちを待ちかねていたようだ。

対するカノンは初対面でありながらじろじろと不遜《ふそん》にリリアの姿を観察している。こいつ怖《こわ》いもの知らずか。

リリアの姿は初対面のときと同じガスマスク装備のローブ姿だ。今となっては馴染《なじ》み深《ぶか》い姿だが、初めて見る人にはまさかこれの中身が麗《うるわ》しいエルフだとは思わないだろう。

カノンの言う通り、中身がからくり人形の方がむしろそれらしいかもしれないな。

「……アリマの人選だ。疑うつもりはないが、期待を裏切ってくれるなよ」

「へへ、まあ給料分の仕事くらいはするさ。雇い主《ぬし》サマも私を酷使するつもりみたいだし」

カノンは初の顔合わせでありながら慇懃《いんぎん》無礼《ぶれい》な態度を隠そうともしていない。

そんな彼女《かのじょ》の様子にリリアは若干《じゃっかん》の不信《ふしん》感を抱《いだ》いているようだ。おそらくだが、マスクの下で顔をしかめている。

極端《きょくたん》に礼を欠いているとまでは言わないが、カノンの態度は見様によっては軽薄《けいはく》ともとれる。

確かにこれからこいつと探索をするのかとリリアが不安に思うのも分かる。

「まあそこは俺を信じてくれ。使えると思ったから連れてきたんだ」

「だといいんだが」

「まあ任せろって！　こう見えて意外と優等生なんだから私！」

どんと胸を叩き自信ありげに笑顔《えがお》を見せるカノン。こいつ、俺が今まで出会ってきた人物の中で最も感情表現が豊かかもしれない。

オートマタなのに感情が豊かとはこれいかに。まあ今さらの話か。

なおランディープのあれは感情表現の内に含めない。あれはもっと別の何かだ。

しかし謎《なぞ》に思っていることがあるのだが、忘我状態のキャラクターの性格は何を参照にしているのだろうか。

キャラクター作成時に定めたキーワードもそうだが、案外まだプレイヤーキャラだったころの言動にも影響《えいきょう》されてたりして。

もしそうだとしたら凄《すご》い技術だな。やや気味の悪さも感じるが、まるでＮＰＣに魂《たましい》を吹《ふ》き込んでいるかのようだ。

このゲームを起動しなくなった人のキャラが忘我状態となって動き出し、まるで当人かのように振《ふ》る舞う。それはあたかも忘れ形見のようではないか。

不気味に思えるが同時に優《やさ》しさというか、郷愁《きょうしゅう》的な救済も感じる。いややっぱり不気味だわ。

本人からしてみれば自分のクローンを見ているような感覚になるだろう。あまり気分のいいものではあるまい。

というか忘我キャラが元の持ち主と出会ったら一体どうなってしまうのだろうか。

ドッペルゲンガーの都市伝説のように消滅《しょうめつ》したりしやしないだろうな。

というか待てよ。もしも忘我キャラの性格にモデルがいた場合、ランディープの性格にもモデルがいることになってしまう。

それは困る。あれにオリジナルがいるなんて考えたくもないぞ。

いや、だからこそ元は単なる悪ふざけのロールプレイだったのか。わからん、頭がおかしくなりそうだ。

思考が少しいらん方向にそれてしまったな。

カノンに期待しているのは俺もそうだ。最初の沼攻略《ぬまこうりゃく》ではあらゆる妨害《ぼうがい》要素に煮《に》え湯《ゆ》を飲まされたが、カノンがそれを解消してくれるはず。

彼女の存在が今回の攻略を一度目とは大きく違う探索にしてくれるだろう。

「とりあえずこれを渡《わた》しておくぞ。先に装備しておけ」

「これは……沼対策の装備だな。助かる」

「ちなみに防滑《ぼうかつ》も兼《か》ねている」

リリアが俺とカノンに差し出したのはやや重さを感じる茨《いばら》状の縄。

脚部《きゃくぶ》に巻き付ければ効果を発揮すると思ってよさそうだ。ぬかるみに嵌《はま》った車のタイヤに、チェーンや縄を巻き付けるのを思い出す。

まさか人の身の自分がそれと同じことをする日が来るとは思わなかったが。

実際にリアルで同様の行為をすれば浅い泥《どろ》のぬかるみが歩きやすくなったりするのだろうか？

試《ため》す機会がないので不明だが、ゲーム内で効果があることは間《ま》違《ちが》いないだろう。

なにせこれについては情報源がドーリスだからな。

あいつは人となりこそ胡《う》散《さん》臭《くさ》いがもたらす情報に関して言えば疑う必要は一切《いっさい》ない。取り扱う情報の信憑性《しんぴょうせい》は随一《ずいいち》と言っても過言ではないだろう。

しかし防滑の効果まで付いているとは素《す》晴《ば》らしい。リリアとしても俺の前で何度も転びかけたのは苦い記《き》憶《おく》として印象に残っていたようだ。

リベンジするかのように徹底的《てっていてき》に対策しにかかっている。

ＮＰＣを目的地まで護送するタイプのイベントでは、該当《がいとう》のＮＰＣが極《きわ》めて厄介《やっかい》というのが通例だがリリアからはその括りを脱出《だっしゅつ》してやるという試みを感じる。

事実、防滑の用意さえあれば湿地のエリアであっても俺の蹴《け》り技が解禁できるのではないか？

これは沼地の探索が捗《はかど》るぞ。

「アリマー、これどうやって付けるの？」

「……待ってろ」

なんでほぼＮＰＣ側のカノンが装備方法わからねえんだよ。

まったく世話のかかるやつめ。

第三十六章 ◆ 風起こし

「そろそろ追加で風を起こすぜー」

「頼《たの》む」

「ほいさ」

カノンがバスケットから白いリンゴのような果実を取り出し足元に叩きつける。

果実が地面と衝突《しょうとつ》し砕《くだ》け散れば、同時にそこを中心に突風《とっぷう》が巻き起こる。

放射状に吹きすさぶ風の流れはこの湿地に満ちる濃霧を払《はら》うのに充分《じゅうぶん》なもの。

視界を塞《ふさ》ぐ黄土色の霧のない湿地エリアは、まだ少し見慣れない。

「やはり視界が開けるだけでまるで別世界だ」

「俺は前回対策せずに奥《おく》に踏み入った愚《おろ》かさを再認識《さいにんしき》しているよ」

三人で湿地を進むことしばらく。霧のない湿地の姿に感嘆《かんたん》するリリアに俺は同調した。

カノンが風を起こして霧を払ってくれている影響で、行軍速度は初見時の比ではない。

唐突《とうとつ》に出現するエネミーに備える必要がないため、前進する事に躊躇《ちゅうちょ》がないのだ。

前回は接敵した時点で至近距離《しきんきより》まで距離を詰《つ》められていたため素早《すばや》い対応が必要だった。死角を取られて対処が遅《おく》れることもあったし、目を凝《こ》らしながら索敵《さくてき》しつつ、接敵した際のフォローにもスピードが要求されて神経がすり減ったものだ。

それと比べて、ただ目的地に向かえばいいだけの楽さたるや。

霧のない湿地は開けていて平坦《へいたん》。敵の見つけやすさでいえば、入り組んだ通路の地下水道以上だ。

まるで別のエリアを攻略《こうりやく》しているかのよう。革命的だ。

この感覚は初めて眼鏡を掛《か》けたときの視界の変わりようとか、いつも徒歩で向かってる場所に車で移動したときのような感動に近い。

悪い環境《かんきよう》に慣れていたからこそ、本来あるべき良好な状態に一層の感動を覚える。

この湿地エリアにしたって、濁《にご》り水《みず》が容易《たやす》く倒《たお》せる相手だったから霧が濃《こ》くても問題なかっただけだ。

むしろ、霧があってても何とかなってしまったからこの環境を軽視したのかもしれない。

これもトカマク社の手のひらの上か？　倒しやすい敵を配置して油断させることで、本当の脅威《きようい》を過小評価させる。

奥に進んで痛い目を見て初めてその危険性に気づくと。

だとしたら俺の危険を認識《にんしき》する能力はまだまだだな。もう何度も下手を打ってる。だがまあ、目利《めき》きの腕は騙《だま》された数次第《しだい》と言う。それと同じく、俺も死地を潜《くぐ》ることでリスクへの嗅覚《きゆうかく》が磨《みが》かれているはずだ。

歴戦というには新米すぎるが、俺も成長していると思いたい。

「お、沼地が見えてきたな。こっから先はキノコが多いんだっけ？」

「事前に伝えておいた通りだが、だいたい敵だ」

手で日差しを作って沼の方面を眺《なが》めるカノンに念のため敵の存在を言い含めておく。

湿地エリアで俺たちが遭遇した敵については俺の口からカノンに伝えてあるが、彼女の視点だと情報と現物がすぐに一致《いっち》してない可能性もあるからな。

カノンはこの湿地帯《しっちたい》に来るのが初めてということを俺たちもしっかり認識しておかないと。

「ちょうどほら、あれも敵だ」

「こっから見るぶんには普通《ふつう》のキノコだぜ」

俺が指さしたのはお馴染みの巨大《きよだい》な一つ目キノコ。

ただし休眠《きゆうみん》中の姿なのであの特徴的《とくちようてき》な大目玉もわさわさした足も露出《ろしゆつ》していない。

カノンの言う通りこちらからちょっかいを掛けない限りは普通のキノコだ。

「良い機会だし、アイツに攻撃《こうげき》を仕掛《しか》けてみるか」

「お？　さては私のお手並みを拝見するためだな？」

「それもあるし、俺《おれ》も試したい戦い方がある」

湿地エリア前半は濁り水しか出没《しゅつぼつ》しない。濁り水は敵としてはかなり特殊《とくしゅ》な方だし、明確な弱点を握《にぎ》っていれば瞬殺《しゅんさつ》できてしまう。

試金石にはあまり相応《ふさわ》しくないエネミーだったからな。その点あの目玉キノコは先手を取るまで無害だし倒す方法を確立してある。

本格的に沼の深部に進む前にカノンの戦闘能力を確認したかったし、あの目玉キノコとの戦闘は丁度良い機会だろう。

「戦闘するのは構わないが、私は最初の攻撃はしないぞ」

最初に攻撃した者が最もキノコからのヘイトを買う。

それをよく知っているリリアは火付け役を拒《こば》んだ。彼女は目玉キノコの足元のキモい挙動が心底苦手なのだ。前回もずっと嫌《いや》そうにしていたし。

「なら私がいくぜ。こう見えて結構いい肩《かた》してるんだ」

だが、キノコの真の姿を知らないカノンは無邪気《むじゃき》に立候補し、のんきにぐるぐると肩を回し始めた。

俺は誰《だれ》かに遠距離《えんきより》攻撃手段をしてもらわないと困るので、止めるに止められない。

俺はキノコに睨《にら》みつけられる未来のカノンに合掌《がっしょう》した。

そんなことは露《つゆ》知らず、カノンがバスケットから取り出したのは柿《かき》の形をした果実。

それは柿にありふれた朱色《しゅいろ》ではなく、非常に攻撃的な赤色をしている。普通の柿ではないことは一目瞭然《いちもくりょうぜん》だった。

カノンはそれを大ぶりに振りかぶり、肩の小型煙突《えんとつ》から蒸気を噴出《ふんしゅつ》させつつキノコ目掛《めが》けて投げつけた。

肩がいいというのはただの口上ではないらしく、投げられた柿はブレることなくまっしぐらにキノコへストレートに進んでいった。

そして柿はキノコの傘《かさ》に着弾《ちゃくだん》、ちゅどーん、と景気のいい爆発音《ばくはつおん》を打ち鳴らして炸裂《さくれつ》した。

「よっしゃ、命中！——ってキモ！」

安眠《あんみん》を阻害《そがい》されたキノコが覚醒《かくせい》し立ち上がる。

カノンには事前にあのキノコに足があって移動できることは知らせてあるが、もじゃもじゃしてて気色悪いことまでは言ってない。

初めてみるショッキングなキノコの挙動に面喰《めんくら》っている様子だった。

そんなカノンを横眼に、俺は装備を入れ替《か》える。

対濁り水に装備していた腐《くさ》れ纏《まと》いから、新装備の失敗作【特大】へ。

所持品から装備することで、初めてその重量が俺の身に降りかかる。

重い刀身を支えることができずに、切っ先を地面に着けて引きずるような構えになった。

この調子では移動すら満足に行えないだろう。だが、この剣《けん》であればキノコの硬《かた》い身肉であっても刃《は》が通るはず。

「さて、うまく使えるといいが」

第三十七章 ♦ 切り札？

カノンがぶつけた爆発物《ばくはつぶつ》の威力《いりょく》は絶大で、目玉キノコの傘は既に一部が欠けており表面にも焦《こ》げ跡《あと》がついている。

やはり専門職の遠距離攻撃は違うな。休眠状態の相手を起動するだけだったリリアの投げナイフとは効果が段違《だんち》いだ。

これほどの攻撃力《こうげきりょく》、やろうと思えば今の爆発物を投げ続けるだけでも打倒《だとう》できるだろう。

「どんなもんよ！」

「気を抜くな、来るぞ！」

悠長《ゆうちょう》に威力自慢《じまん》するカノンをかばうようにリリアが前に出る。

あのキノコを起動した者が最優先で狙《ねら》われることをリリアはよく知っている。ヤツの距離を詰めるスピードも身に染《し》みていることだろう。

実際に覚醒したキノコはその大目玉を開きカノンを睨みつけている。既に大量の足を剥《む》き出しにしており、カノン目掛けて猛進《もうしん》していた。

前回であれば沼のない場所で待ち構えていたが、今は違う。

沼の上でも戦闘ができる。つまり、こちらから仕掛けられる。

さあ、失敗作【特大】よ。お前の初舞台《はつぶたい》だぞ。

「どうかな。理論上はうまくいくはずだが」

沼の上で動けるということは、蹴りを使えるということ。故に俺は前回と異なり陸地でキノコの襲来《しゅうらい》を待つことはしなかった。

繰《く》り出したのはキノコの電信柱のように太い軸《じく》に狙いを澄《す》ました【絶】。

俺の体は規格外の大剣《たいけん》を肩に担《かつ》いだまま足元の沼を飛び、走り寄るキノコを渾身《こんしん》の回し蹴《げ》りで迎《むか》え撃《う》った。

蹴りはカノンしか眼中になかったキノコにクリーンヒット。猪《いのしし》の如き突進《とっしん》を止めることができた。

そして滑《すべ》り止《ど》めを施《ほどこ》した足甲《こう》で沼の上を確かに踏みしめ、全力で上半身を捻《ひね》る。

本来、身《み》の丈《たけ》を超《こ》す特大の剣を抱《かか》えた俺に俊敏《しゅんびん》な動きはできない。

だが【絶】による蹴りは対象との間合いを強引《ごういん》に調整するもの。たとえ俺が超重量《ちょうじゅうりょう》の剣を引き摺《ず》っていようとその作用は関係ない。

【絶】とその蹴りによって発生した慣性は、俺が本来扱えぬはずの大剣を渾身の力で振り抜かさせてくれた。

蹴りによる回転と【絶】による加速。二つの力を乗せた特大の剣は大気を切り裂《さ》く轟音《ごうおん》を伴《ともな》い、巨大キノコを真っ二つに斬《き》り伏《ふ》せた。

……す、凄《すさ》まじい威力。

カノンの先制で削《けず》れていたとはいえ、撃破《げきは》にあれほど手間取った目玉キノコをワンパンしてしまった。

自分でやっておきながら自分が一番びっくりだい。

腐れ纏いではこのキノコに刃すら通らなかったというのに、なんだこの攻撃力は。有無《うむ》を言わさぬ攻撃力で以《もっ》て力ずくで叩き伏せる快感。いかん、この剣の魅力《みりょく》に取り憑かれそうだ。

と、俺が特大剣の魅力にうっとりしていると、目玉キノコの打倒を確認し安全を悟《さと》った二人が側までやってきた。

「見事だな、アリマ」

「馬鹿みてーにデカくて長い剣だと思ったが、それと同じくらい馬鹿みてーな使い方をするなぁ」

「一応、それも褒《ほ》め言葉として受け取っておこう」

「別に褒めてないけどな」

初回の目玉キノコとの苦戦を知るリリアは一撃《いちげき》で打倒《だとう》してみせた俺を賞賛してくれたが、一方のカノンは俺の暴挙に少し引いていた。

うーむ、辛辣《しんらつ》。

にしても、俺だけひとり敵の至近距離に飛び込む形になってしまうのは【絶】そのものの弱点だな。

俺ひとりが突出《とっしゅつ》して前に出てしまうのはパーティー戦闘ではあまりよろしくないシチュエーションもあるだろう。

あまり意識してなかったが、これも気を付けなくては。

にしても、この失敗作【特大】のデビューは大成功だったな。

「一度でいいからこいつの試し切りをしてみたくてな。うまくいってよかった」

片手で握れる剣とは似ても似つかないこの規格外の剣を見たときから、この使い方は思いついていた。

尋常《じんじょう》に扱おうと思えば、俺のパワーでは肩に担いだ状態からたった一度きりだけ叩き下ろすことしかできなかった。

それほどまでこの剣はすごい重量で、取り回しも劣悪《れつあく》。一度振りぬいたらもはや持ち上げるのにも時間を要するだろう。

かろうじて切っ先を浮《う》かせたまま引っ張るように斬りつけるくらいはできるかもしれないが、戦闘中にそんな悠長な真似をしている暇《ひま》はない。

そこで思いついたのが蹴り、そして【絶】との融合《ゆうごう》。

結果はご覧の通り。俺の思いつきは必殺の奥義《おうぎ》となるほどの結果をもたらした。

机上《きじょう》の空論に収まらず一定の結果が出て俺としては非常に満足だ。

それに実際に使ってみることで、この戦法の欠点も洗い出せた。

まず第一に超重量の大剣を抱えることによって繰り出せる蹴りが限定されること。

やってみてわかったが、片手に軽量の剣を持っていたときと異なり動きの制限がかなり大きい。蹴りそのものの威力は通常時と比べて間違いなく劣《おと》るだろう。

二つ目に、攻撃し終わったあとの無防備っぷり。

本命の特大剣を振りぬいたあとの俺はほぼ動けない。重い大剣に全ての体重と慣性を乗せた一撃は、その後の俺に絶大な隙《すき》をもたらしてしまう。

しかもそのあと敵から離脱《りだつ》する手段がない。姿勢を立て直しても重い大剣があっては間合いを取り直すこともできないだろう。

遠心力をフル活用して剣をぶん回した直後なので盾《たて》を構えようにもまるで腰《こし》に力が入ら

ん。この剣を使う以上は一発で倒しきって安全を確保しないと酷《ひど》い目に遭《あ》う。

相手が複数いる場合も使用を控《ひか》えた方が良さそうだ。

一応、装備を取り外しインベントリに収納すれば武器の重量は失われる。が、戦闘中に高速でインベントリを操作するような真似は不可能だった。

練習すればワンチャン……と思ったのだが、そもそも激しく体を動かしている最中は装備変更《へんこう》できないようになっていた。恐《おそ》らく同様の発想が開発陣《かいはつじん》にもあったのだろう。重量武器を高速で付け替えてメリットだけ拝借するような裏技《うらわざ》は、残念ながらシステムに阻《はば》まれて不可能だった。

最後の欠点は意外にも攻撃範囲《こうげきはんい》の広さ。

非常識なサイズを誇《ほこ》る失敗作【特大】はリーチも並の剣の域を超えている。

これの何が問題かって、味方を巻き込んでしまうのだ。

重さと勢いに物を言わせてぶん回しているので、すんでのところで剣を止めるなんて出来るわけもなく。攻撃後は隙だらけだというのに味方のフォローを受けることが難しい。なんなら味方のフォローに行くことも難しい。

だが、以上の欠点があってもなお使う価値があることが分かった。これは実に素晴らしい収穫《しゅうかく》だ。

この戦法の良い点と悪い点、それを沼の深部に行く前に把握《はあく》できて良かった。
結論として、この馬鹿げた大きさの剣は確かに切り札としてのポテンシャルがある。

第三十八章 ◆ トラウマ退治

目玉キノコが多く生息する地帯を抜け、更に奥。

あの後さらに目玉キノコたちを相手取ることはしなかった。

理由は初回攻略時と一緒《いっしょ》だ。消耗を避《さ》けるため戦闘《せんとう》回数を最小限に抑《おさ》える。

最初の一体はカノンの攻撃能力を確認するため、そして俺の奥義を試すための例外だった。

この先には、あの不快極まりない中年おじさんの声で絶叫《ぜっきょう》する最悪のキノコたちがいる。

はっきり言って非常に気が進まない。足取りも重くなるというものだ。

そしてそれは、リリアも同様。むしろ俺より深刻かもしれない。

普段《ふだん》はピンと背筋を伸《の》ばして凛々《りり》しく歩いているのに、現在は背中を丸めてよたよた歩いている。

決して文句を口にはしないが、全身から淀《よど》んだ憂鬱《ゆううつ》な感情をひしひしと発している。

「おい、奥にちっこいキノコが見えてるがぶっ飛ばしていいのかアレ」

カノンが視線で促《うなが》した先にはやはりというべきか、件《くだん》の絶叫キノコの群れ。

霧を晴らしながら進んでいる都合で発見が早まった。

ぴょこぴょこと跳《は》ねながらこちら目掛けて距離を近づけてきている。

「ああ、問答無用で吹っ飛ばそう。耐久《たいきゅう》は低い」

「んじゃ遠慮《えんりょ》なく」

俺から確認を取ったカノンは抱えるバスケットからぶどう酒の瓶《びん》を取り出し、容赦《ようしゃ》なく絶叫キノコの足元へ投げつけた。

着弾と同時に粉砕《ふんさい》し瓶の中身が零《こぼ》れ出すと、それらはたちまち激しく炎上《えんじょう》。

沼の上に広がる火炎《かえん》に囲まれ、跳ねることでしか移動できない絶叫キノコたちは為《な》す術《すべ》もなく焼き焦げていった。

「なーんだ、弱いじゃんこいつら」

「おお、ありがてぇ……」

「念入りに燃やしておくぞ」

カノンはもうひとつ瓶を取り出すと、投擲《とうてき》せずに瓶を口元に近づけて強く息を吹いた。

すると、まるで口から火を噴《ふ》くように、火炎が紅蓮《ぐれん》の鞭《むち》となって辺りを焼き払う。

「素晴らしい働きぶりだ、うむ。素晴らしい。素晴らしいぞ。お前の活躍《かつやく》は私が保証する」

「……な、なんだ？　私そんな褒められるようなことしたか？」

容易くキノコの群れを打倒したカノンは拍子抜《ひょうしぬ》けしたようだが、やつらの脅威を正しく知る俺とリリアはカノンに深く感謝を告げた。

カノンは無抵抗《むていこう》な雑魚《ざこ》キノコを焼き払っただけだと思っているようだが、とんでもない。前回はこいつらの接近に気づけず、至近距離で汚《きたな》らしい絶叫とおぞましい外見に苦しめられ精神に傷を負いながら戦ったんだ。それをカノンは一人で霧を払い接近を許さずに遠距離攻撃でまとめて一網打尽《いちもうだじん》にしてみせた。

カノン一人でこの絶叫キノコを完全にメタっているのだ。リリアがご機嫌《きげん》にカノンを褒めるのも当然だな。

俺とリリアが、どれほどこのキノコどもにストレスを与《あた》えられたか……。

「最初は実力を疑うような態度を取ってすまなかった。私はお前を確かに仲間と認めるよ」

「お、おう……？」

トラウマだった絶叫キノコを鎧袖一触《がいしゅういっしょく》したカノンの肩に手を置き、尊敬すら混じったような態度をとるリリア。

リリアが触《ふ》れたのは真鍮《しんちゅう》の煙突がない方の肩だが、オートマタのカノンにリリアが自発的に触れたことからその感謝の念の深さがうかがえる。

肝心《かんじん》のカノンはあの程度のキノコを倒しただけでこれほど持ち上げられるのが釈然《しゃくぜん》としていないようで、赤いフードの下で困惑《こんわく》の表情を浮かべている。

「今おまえが焼き払ったアレに近づかれたせいで苦しめられた経験があってな。助かった」

「そうなの？　ま、よくわからんが私に任せておけって！」

頭の上ではてなマークを浮かべていたカノンに理由を説明してやると、とりあえず頼《たよ》られていることがわかって機嫌を良くしていた。

……この子、本当に忘我《ぼうが》キャラか？

なんだこの素直《すなお》さは。シンプルに有能な上にいい子ではないか。

ひょっとしてランディープが外れ値なだけだったのか？

思えば忘我サロンに同席していた星辰魔法《せいしんまほう》のガイコツも紐爺《ひもじじい》も性格面は普通だった。

最初の一人がランディープだったばかりに忘我キャラによくない印象を抱いていたが、認識を改めた方がよさそうだ。

「とりあえずあのタイプは見つけ次第《しだい》焼き払うぜ」

「おう、焼きまくってくれ。残弾《ざんだん》は問題ないよな？」

「こう見えて火力控え目《め》な攻撃だからな、在庫ならいっぱいあるぞ」

そういいながらバスケットからまた新たに緑色の酒瓶《さかびん》を取り出して鋭《するど》く投擲するカノン。

瓶が放物線を描《えが》いて飛んで行った方向を視線で追うと、まだ若干霧《じゃっかんきり》がかっている後方まで飛んで行った。

先ほどと同様に炎《ほのお》を広げて一帯を焼き尽《つ》くしているが、何が焼けているかまでは見えない。

「あそこにキノコがいたのか？　私には見えなかったのだが」

「ん？　ああ、私の瞳《ひとみ》は良いパーツを使ってるんだ。片目だけだけど、ほら」

ぱっちりと開いたカノンの瞳。リリアと二人でエメラルドグリーンの色をしたその眼球を覗《のぞ》き込《こ》んでみると、内部に回転する幾何学《きかがく》模様が見えた。

瞳の中を泳ぐターコイズブルーの線の集合体は近未来的。オートマタかっこいいなぁ。

なんて見惚《みと》れている場合じゃない。すごいぞカノン。

高級なパーツを使っているだけあって視力に補正が掛かっているのか。霧《きり》を払ってくれていることといい、索敵係として有能すぎる。

「ま、これ買ったせいで自分の回復アイテム買う資金まで無くなったんだけどな！」

「なにしてんだ」

「いいんだよアリマが代わりに立て替えてくれるんだから！　私その分くらいは役に立つしさ！」

「確かにそれでいいのかもしれんが」

うーんこの小娘《こむすめ》。やはりどうにも憎《にく》めないやつだ。

世渡《よわた》り上手というのか？　かわいらしい赤ずきんの外見も相まって中々どうして嫌《きら》いになれない。初対面の開口一番で私を連れていけと迫《せま》ってきた際はなんだコイツと思ったが、仲間としてきちんとこちらに利益をもたらしているし、リリアとの不和もない。

実をいうと一緒に過ごすうちに段々隠《かく》していた〝ヤバさ〟が露呈《ろてい》するのではないかと心配していたのだが、杞憂《きゆう》だったようだ。

思えば積極的に自分を連れてけとアプローチしてきたのも単に資金難によるものか。

忘我キャラの行動理念はさっぱり分からんが、忘我キャラなりにこの世界を満喫《まんきつ》しているようだし、カノンのように冒険《ぼうけん》に出たがるヤツがいても不思議ではない。

しかしこんな凝ったエフェクト付きの瞳、ありふれた品ではあるまい。

当のカノンが回復アイテム分の予算すら残さず、全財産を投じて手にしたものだ。

特別な品で間違いないだろう。せっかくだしその所以《ゆえん》をカノンに尋《たず》ねてみるか。

「なあカノン、その目なにか特殊能力とかあるんだろう。良ければ教えてくれないか」

「え？　知らん。かっこいいから買った！」

「あー……、うん。お前は愛すべき馬鹿だよ」

悔《くや》しいが俺の中でカノンへの好感度が急上昇《きゅうじょうしょう》した瞬間《しゅんかん》だった。

第三十九章 ♦ 白キノコ

さて、絶叫キノコが出現する一帯を抜《ぬ》けてしばらく。

前回は視界の悪さと取り囲むように迫ってくる絶叫キノコのせいでかなり時間がかかったエリアだが、今回はカノンの活躍であっさり通り抜けることができた。

沼《ぬま》を歩きやすい状態だったのもあるし、精神的疲弊《ひへい》がないのも大きい。これだけでカノンの価値が証明されたも同然だ。

リリアもこれを切っ掛けにカノンに信を置くようになったわけだし。

ふざけているように思えて、わりと本気であのキノコたちは厄介なのだ。あの脅威は直接相対した者しかわからない気がする。

沼地は奥に進むとある程度の段階で景色が変わるので、それが進行度の指標となる。

今回は自生するキノコの多様化がそれにあたるだろう。

黄色く槍《やり》のように鋭いキノコと、円卓《えんたく》のように傘を平たく広げる足場のキノコたち。

前回来たときと同じ景色だ。硬い足場とトランポリンのように弾《はず》む足場があるのも同じ。

「緑のは踏《ふ》んだらまずいんだっけ？」

「ああ。想定より高く跳ねる。怪我《けが》の元になるから面白《おもしろ》半分で乗るなよ」

「……一回くらいダメか？」

「やめとけ。リリアが跳ね上げられたとき大変だったんだぞ」

「その話はするな」

カノンに体験談を交えて教訓を教えてやろうとしたが、リリアに鋭く話を遮《さえぎ》られた。

リリアからしてみれば確かに面白くないか。自分の失敗談とか絶対広められたくなさそうだし。

まあカノンには予《あらかじ》め前回の冒険の概要《がいよう》をかいつまんで伝えてある。

そんな神経質になる必要もないか。リリアの神経を逆撫《さかな》でしてまでする話じゃないし。

「おいアリマ。ここら辺は敵のキノコはいないって話だったよな？」

「ああ、そうだが」

なんてことを考えていたのだが、ふとカノンから確認《かくにん》を取るような問いを投《な》げ掛けられた。

念のため記憶をさらってみるが、やはり思い当たる節はない。この一帯に敵はいなかったはず。

より奥まで行けば危険性の高いキノコが増えてくるが、それも自発的にこちらを攻撃してくるエネミーではなかった。

歯車のキノコも、火炎放射するキノコもあくまで環境の一部。敵はいない。

だが、カノンがわざわざ俺にそれを聞いたということは。

「じゃあ、アレは何だ？」

カノンの示した先。

物言わず佇《たたず》むのは、見知らぬ雪のように純白のキノコ。

それは確かにキノコであったが、日《ひ》傘《がさ》を差した貴婦人のような造形でもあった。

強くくびれた軸はドレスのようであり、幾層《いくそう》に重なる傘はフリルの如く。

そんな人に良く似た形の真っ白なキノコは、日傘の先端《せんたん》をこちらに向けた。

「こいつは——敵だなぁっ！」

瞬発《しゅんぱつ》的に踏み込み槍のように日傘を鋭く突《つ》き出す婦人キノコ。

その刺《し》突《とつ》を俺は咄嗟《とっさ》に盾で弾《はじ》き逸《そ》らした。

渾身の突きを逸らされたキノコはたたらを踏みつつ間合いを取り直す。

その挙動は理性的であり、また隙を消す挙動は戦いに慣れた体捌《たいさば》きでもあった。

他のキノコと比べて明らかに動きがいい。厄介だな。

「新手か！」

直後相対する白キノコの真横から同じ個体が沼の下、足場キノコの隙間《すきま》から出現。

反応が遅れたことに危機感を覚えたが、

「私がやる」

リリアが新手のキノコにナイフを投げ間髪《かんはつ》を入れずレイピア片手に即座《そくざ》に間合いを詰める。

「ならこっちは俺が受け持つ！」

前回遭遇《そうぐう》しなかったのは運が良かっただけか？　霧を晴らしながら移動しているせいで向こうからも見つかりやすかったのか？

理由が気になるがいまは考えない。今は目の前のコイツのことだ。

一息に間合いを詰めて腐れ纏いで斬りつけるが、婦人キノコはふわりと柔《やわ》らかいステップで攻撃をかわす。

流石《さすが》に突っ立ったまま大人しく攻撃を食《く》らってはくれないか。

既《すで》に隣《となり》ではリリアがナイフで怯《ひる》ませた婦人キノコをレイピアで貫《つらぬ》き倒しきっていた。

それに反応したのか、瞬時《しゅんじ》に体を捻って攻撃姿勢に移る婦人キノコ。その切っ先はリリアを狙っていた。

「リリア、気を付け――っ！」

咄嗟に声を上げて婦人キノコを止めようと踏み込んだ瞬間、つんざく金属音が響《ひび》いた。

キノコの刃が俺の鎧《よろい》の表面を撫《な》でるように走り、俺の装甲《そうこう》は細い溝《みぞ》を刻まれた。

――やられた。

こいつ、リリアの方向を向いたままノールックで俺を斬りつけてきやがった……！

「野郎《やろう》……!!」

チクショウ、出し抜かれた。だがやられっぱなしで済ましてやる気はねえ。

生憎《あいにく》と俺は怯まない。傘を振《ふ》り抜いた腕《うで》に掴《つか》みかかり、逆手に持った腐れ纏いをキノコの首筋に突き立てた。

純白のキノコの身は極《きわ》めて柔らかく、一息でさくっと剣の柄《つか》まで深く突き刺《さ》さった。

白い体躯《たいく》を串刺《くしざ》しにする致命《ちめい》の一撃と大量の腐れ纏いの毒に侵《おか》され、キノコ婦人は苦しそうに身悶《みもだ》えしたあと絶命した。

「ハァ、久々にいいのを貰《もら》っちまった」

不意打ちだったのもあって、モロにダメージを食らった。俺の金属鎧を突破《とっぱ》できる攻撃力の敵と最近出会ってなかったから、久しぶりの被弾《ひだん》だ。

「アリマ、無事か？」

「大したことはない。が、体質上回復できねぇ。してやられたな」

案じるように声を掛けてくれたリリアに無事を伝えながら、鎧の状態を検《あらた》める。

日傘の先端で引っ掻《か》くように斬りつけた痕跡《こんせき》は、薄板《うすいた》の鎧に斜《なな》めに走る細い亀裂《きれつ》を作り出していた。

ダメージそのものは大したものではなかったが、敵に出し抜かれて傷を負ったことに悔しさを感じる。

あの婦人キノコ、俺の腐れ纏いの剣で倒しきれることから耐久力《たいきゅうりょく》は低いんだろうが攻撃力に関しては他のエネミーより一歩抜きんでてる。

しかも搦《から》め手《て》をつかう知能まで備えているらしい。いやな敵もいたもんだ。

「す、すまん。私の発見が遅れたばっかりに」

「いや、データに無かった敵だ。俺たちの油断もあった。カノンが気に負う事じゃない」

申し訳なさそうにしょげて声を掛けてきたカノンの言葉を、優《やさ》しく否定してやる。

もう行った場所の敵は全て確認していた気でいたせいで足を掬《すく》われた。これは俺たちの過失だ。カノンに責任はない。

むしろ真っ先に発見したのはカノン。彼女《かのじょ》のおかげで完全な不意打ちをされずに済んだ。

今の婦人キノコ、霧を払《はら》い視界を確保していたにも拘《かか》わらずかなり近くまで距離を詰められていた。

相当すばしっこい上に、足音もほとんどしないようだ。不意を打つことに特化しているのか？

かなり戦闘の展開が早いのも予想外だったな。カノンが支援《しえん》する暇もなく戦闘が終了《しゅうりょう》した。

こういう手合いは、俺の瞬発力《しゅんぱつりょく》が試《ため》される。

リリアは婦人キノコ相手に速度で上回ることで瞬殺していたが、一方の俺は後手に回ってしまいうまく戦えなかった。

相性《あいしょう》の有無もあるだろう。

だがNPCや忘我キャラにおんぶにだっこじゃあ、つまずくな。

カノンという頼《たの》もしい仲間が増えたことで気が大きくなっていた。

一度通ったエリアだと油断していたのも良くない。

今回で沼攻略《ぬまこうりゃく》に終止符《しゅうしふ》を打つんだ。もう撤退《てったい》はしたくない。

もっと気を引き締《し》めなくては。

第四十章 ♦ カノンの興味

「そらっ！」

カノンの繰り出す捻りの利いたアンダースロー。

先の丸いトゲに覆《おお》われたイガグリがジャイロ回転しながら鋭く低空を飛ぶ。

イガグリは奥《おく》の白いキノコに着弾し、小さかったトゲが瞬時に巨大化《きょだいか》。

丸っこいトゲは一瞬《いっしゅん》の内にガンガゼの如き凶悪《きょうあく》なトゲに変貌《へんぼう》し、白いキノコを残忍《ざんにん》に刺し貫いた。

その見事な活躍に感心しながら、俺はカノンに声を掛《か》けた。

「先に発見さえできれば楽勝だな」

「近づかれたらさっきみたいになるけどな」

白いキノコ。その正体は先ほど俺たちが辛酸《しんさん》を舐《な》めさせられた貴婦人キノコだ。

このキノコ、沼に潜水《せんすい》して長躯《ちょうく》を隠し、テーブル状のキノコの隙間を縫《ぬ》いながら俺たちに接近してくる生態がある。

一度奇襲《きしゅう》されたことで警戒心《けいかいしん》を強めたカノンがこちらに近づく不穏《ふおん》な影《かげ》を発見し、先制を打ったらなんとあの貴婦人キノコだったのだ。

一回目に接近を気づけなかったからくりはそれだった。いやらしいのは戦闘スタイルだけじゃなかったようだ。

身を隠しながら近づいてくる敵がいるなんて。油断も隙もない。

以来、白いキノコは発見次第《しだい》このようにカノンがアイテムを投げることで対処してくれている。

貴婦人キノコは体力が低く倒《たお》しやすいが戦闘が巧《うま》い。このように接近戦闘になるのを未然に防ぐのが安全に始末する方法だろう。

それができるカノンの存在はありがたいな。

既にあの貴婦人キノコはもう3体ほど遭遇《そうぐう》しすべて撃破している。遭遇頻度《ひんど》はかなりのものだ。

おそらくだが、貴婦人キノコも俺《おれ》たちと同様に霧によって視界を奪《うば》われていたのだろう。

カノンが風を起こした影響《えいきょう》で貴婦人キノコも俺たちを見つけられていると予想する。

さしずめ霧を晴らして攻略《こうりゃく》した際にだけ襲《おそ》ってくる敵といったところか。

にしても先ほどからカノンの活躍が目覚ましい。俺とかリリアが何もせずとも戦闘が終了しているぞ。

「というかその栗《くり》、強くないか」

「だろ？　でもこれ投げるの難しいんだ。うまくやらないと針が伸びなくてさ」

「なんだその仕様……」

だからアンダースローなのか。投擲アイテムに投げ方の指定なんてあるのかよ。

後ろから弾《たま》を投げるだけの楽な役割に思えて、当人にしかわからない苦労もあるようだ。

「そもそも狙った場所に当てるのも大変なんだからな」

「そういうものか」

ついつい投げ物なんて当てて当たり前と思いがちだが、確かに言われてみればそうか。命中を補佐するスキルくらいありそうなもんだが、所持していなければ本人の努力で当てるしかない。

そう思うと土偶《どぐう》のシーラの眼光ビームが通常攻撃《こうげき》だったのは破格だな。

視線の先を攻撃できるから命中に不安もないし、リソースも無限だし。

彼女の場合は種族そのものにデメリットを抱えていたのか。接近された場合の抵抗《ていこう》の難しさもオートマタの比ではないだろうし。

というかシーラは防具を装備できないか。後衛職にも後衛職なりの悩《なや》みは絶えなさそうだ。

「あっ！　おいおいおいアリマ！　なんだよあれっ！」

カノンが声を弾ませながら指さした先にあったのは、炎を吹《ふ》き出すキノコと、それを守る機械歯車のキノコ。

そうか、もうここまでたどり着いたか。既に通った道をもう一度進んでいるのもあって、カノンの初見の反応を微笑《ほほえ》ましく見守ることができる。

「よくもまあ、アレを目にしてはしゃげるものだな」

「まあ価値観の違《ちが》いだろ」

対するリリアは辺りに金属質の物体が増えたことにげんなりとしたリアクションを見せている。

ちなみに俺はカノンの味方だ。俺だってあの駆動《くどう》する歯車キノコを見てテンションが上がる側だからな。

「こんなの、大興奮ものだよ！」

「おおい待て待て、気持ちはわかるが落ち着け」

俺の手を引きながら大はしゃぎでぴょこぴょこ飛び跳ねるカノンを窘《たしな》める。

カノンがここに来たら喜びそうだなとは思っていたが、想像以上のはしゃぎっぷりだ。

こんな全身で喜びを表現するまでとはな。まあカノンはこういった金属パーツに対して自身の強化という明確な用途《ようと》があるわけだし、喜ばないわけもないか。

沼の奥地《おくち》で無警戒《むけいかい》すぎだと叱《しか》ることは容易《たやす》いが、初見の興奮にわざわざ水を差すこともあるまい。

辺りの警戒《けいかい》は既知《きち》の俺らがしてやればいい。リリアなんかはとっくにそうしているしな。

「なあなあアリマ、これ一個くらい持って帰ろうよ！　な、いいだろ！」

「ダメだ。危険すぎる」

「えぇー！　いいじゃんちょっとくらい！」

俺の片手を握《にぎ》って無邪気《むじゃき》に引っ張る赤ずきんの明るい声に、俺は心を鬼《おに》にして否を突き付けた。

だってカノンが嬉《うれ》しそうに足を運ぶ先にはギャリギャリと火花を散らして高速回転するチェンソーがぶん回されてるんだもの。

これのどこがキノコなんだよという突っ込みはさておき俺にこれを無傷で採取できる自信はない。

死の覚悟《かくご》が必要なレベル。今鎧がぶっ壊《こわ》れたら俺はけちょんけちょんの状態でリリアの所で復活してしまう。

そんなことになったらせっかくここまで来たのに即撤退《そくてったい》だ。こら、危ないのでそれ以上近づいちゃいけません。

俺がはしゃぐカノンの相手をしてやってる間も、リリアは黙《だま》って周囲の警戒を続けてくれている。

今のうちにカノンを説得せねば。

「頼むよぉ、そこを何とか！　ねえお願い！」

「落ち着けって。沼の探索《たんさく》が終わったらまた連れてきてやるから」

「ホントか⁉　絶対約束だからな！　嘘《うそ》だったら本当に怒《おこ》るからな！」

「ああ、約束する約束する」

まったく、まるで娘《むすめ》にテーマパークのお土産《みやげ》をねだられる父親にでもなった気分だ。

第四十一章 ◆ 完全対策

おおはしゃぎで歯車キノコを欲《ほ》しがるカノンをなんとか説得し、俺たちは更《さら》に奥に進んでいく。

俺たちが最初に来たように歯車キノコの幼生が見つかればカノンを満足させられたかもしれないが、残念ながら前回俺が採取してしまったので残っていなかった。

おかげでもう一度カノンとここに来る約束まで取り付けてしまったわけで。まあ、これくらいは許してやってもいいだろう。

そのころには霧問題も解決して今よりのんびり見て回れるだろうしな。

俺たちが今やっているのは、道端《みちばた》に落ちている蜂《はち》の死骸《しがい》にトドメを刺す行為《こうい》。

リリアはナイフで、カノンは投擲物で。そして俺は失敗作【特大】の切っ先でチクっと突っついて確認している。

これをしながら先に進むのは必須《ひっす》だ。なにせこいつら、ゾンビのように再起動し襲い掛かってくる。前はそれでひどい目にあったんだ。

めんどくさいが外から見るだけでは生死確認はできない。死体確認は大切。でないと前みたいに四方八方を囲まれて取り返しが付かなくなる。

こいつらは蜂の死体に付着した胞子袋《ほうしぶくろ》が弱点のようだが、攻撃すると煙幕《えんまく》が発生する。なのであえて胞子袋は狙《ねら》わず、あくまでも蜂の部分を攻撃。

前回敗退させられた区画だ。否が応《おう》でも慎重《しんちょう》になる。

すいすいとここまで進んできたが、奥が初見ということもある。

この先は時間を掛けて攻略していく。周囲への索敵《さくてき》も念入りにやるよう仲間に伝えていた。

そら、早速《さっそく》カノンが何か見つけたらしい。

「アリマ、あそこにちくわみたいな敵が見えるんだけど」

「殺せ」

「おっけー」

カノンの確認に即座に答えたのは俺ではなくリリア。その忌々《いまいま》しげな声色《こわいろ》には少なくない恨《うら》みが籠《こも》っている。

優《すぐ》れた視力で誰《だれ》よりも早くちくわキノコを発見したカノンが、アンダースローでイガグリを投げつけた。

イガグリは着弾《ちゃくだん》時に巨大化し、哀《あわ》れなちくわキノコは抵抗すらできずにあえなく絶命。

横たわって動かなくなってしまった。

霧を晴らしていると遠くから隙《すき》を窺《うかが》っている相手も見つけられていいな。

カノンがいないと攻略できないとは思わないが、それでも霧への対策は必須級だと見ていいだろう。

愚直《ぐちょく》に回復だけして再挑戦していたらもう一度ここで負けていたと思う。

そして、正面からやってくる寄生された蜂たち。

死んだふりをしていない、活動状態の群れだ。その動きは鈍《にぶ》く、機敏《きびん》さの欠片《かけら》も無い。

こうして余裕《よゆう》のある状況《じょうきょう》で遭遇すればさして危険視する相手ではなかったことがわかる。

前は不意打ちで取り囲まれ、しかも深い霧で総数だって把握できていなかった。

胞子袋という罠《わな》を孕《はら》んだ弱点に飛びついてしまった苦い過去も今ではいい思い出だ。

「手筈《てはず》通り、羽を狙って地上に叩《たた》き落とすぞ」

「ああ」

俺とリリアの二人で蜂の羽を切り裂《さ》いていく。蜂の動きは緩慢《かんまん》で、反撃《はんげき》されることもなく蜂たちは次々と地上に落下していった。

寄生された蜂たちを地上に落とし無力化させたあとは、カノンの出番。

俺とリリアは後方で待機していたカノンの元まで引き上げ、落ちた蜂たちから十分に距《きょ》離《り》を取る。

「仕上げは頼んだ」

「消毒だぜ」

カノンがぽいっと放り投げたのはぶどう酒の瓶。絶叫キノコを焼き払ったのと同じものだ。

地上に転がる瀕死《ひんし》の蜂たちをカノンのぶどう酒が炎で包み込む。

胞子袋を殴《なぐ》って視界が混濁《こんだく》する状況は風を起こす手段があっても避けたい。

一時でも周囲の視界が塞《ふさ》がれば、その一瞬のスキをついて奇襲されるおそれがある。

そのリスクを避ける為《ため》に考案したのがこの戦法。とにかく蜂の羽だけを攻撃して移動手段を奪ってまわり、トドメ役はまとめてカノンにやってもらう。

カノン曰《いわ》くこの火炎の威力《いりょく》は低いそうだが、羽のない蜂たちは炎から脱出《だっしゅつ》する手段がないので問題なし。

後衛のカノンにあまり危険な役割は任せたくないし、俺とリリアは敵の数が多いので少しでも早く次の敵を倒しに行きたい。

適材適所というものだ。これで寄生された蜂への対策は完了《かんりょう》。

前回はいけなかった沼の最深部へ俺たちは進むことができる。

安定した足場を提供してくれていた蓮《はす》のような硬《かた》く平たいキノコも数を減らし、再び足場は不安定にぬかるむ沼に戻《もど》った。

気づけば、辺りに散乱する神殿蜂《しんでんばち》の巣の破片《はへん》もその残骸《ざんがい》は大きな塊《かたまり》ばかりとなっている。

墜落《ついらく》した神殿蜂の巣は、もうすぐ近くにある。

そしてそれを証明するかのように、奥から新手の蜂がやってきた。

リリアがレイピアを構え、俺もそれに応える。

「ここからが本番らしい」

「おう。敵さんも本気を出してきたみたいだ」

現れた蜂の姿は今までとやや異なっていた。

死後キノコによって操《あやつ》られており、その証拠《しょうこ》に胞子袋をそなえているのは同じ。だが細部に上位互換《ごかん》と思《おぼ》しき差異が見られるのだ。

まず第一に装備。右手に槍の如き黄色いキノコ、左手にラウンドシールドのような円盤《えんばん》状《じょう》のキノコ。

そして、鎧のように硬質《こうしつ》に発達した外骨格。

それが三匹《びき》隊列を組んで現れた。

雑魚とは違う、衛兵の蜂のお出ましだ。

第四十二章 ◆ 蜂の親衛兵

「先手必勝だぜ」

対峙《たいじ》する三匹の蜂に向けて迷いなく物を投げるカノン。

赤い液体の詰《つ》まった瓶《びん》は中央の蜂に直撃《ちょくげき》し、円柱状の爆炎を苛烈《かれつ》に噴《ふ》き上げた。

その火力は凄《すさ》まじく、もろに食らった蜂は体躯から黒煙《こくえん》を噴き上げ墜落。

すげ、開幕で一匹落としやがった。

「おかわりは期待しないでくれ！」

「任せろ、あとは俺らで何とかする！」

範囲《はんい》を狭《せば》めた代わりに攻撃力《こうげきりょく》を高めた爆発物《ばくはつぶつ》といったところか。厄介《やっかい》そうな敵を即座に一体落としたのはでかい。

非常に心強い威力だが、やはり連発はできないか。

「おっと、できることがなくなったとは言ってないぜ！」

ならば残る二体は俺とリリアで始末させてもらおう。そう思った直後に背後から続けて投げものが二つ。

蜂目掛《めが》けて投じられた果実は爆竹《ばくちく》のように爆音《ばくおん》と閃光《せんこう》を生じ、やや遅《おく》れて着弾したもう一つが強力な突風《とっぷう》を巻き起こす。

音と光に怯んだ蜂は突如《とつじょ》発生した風の流れに呑《の》まれ、動きを止めたまま遥《はる》か後方へと押《お》し流《なが》された。

敵の分断。それもおそろしく迅速《じんそく》な対応。

カノン、お前少し心強すぎるぞ。

「助かった！　合流される前に仕留めきるぞ！」

カノンが分断してくれたので俺も即座に走り込み、蜂の側面に回る。

面倒《めんどう》なことに間合いの長い槍と堅牢《けんろう》な盾《たて》を構えており、真っ向から戦えば苦戦は必至。

だが、カノンが数的有利の状況を作り出してくれた。

回り込む俺を正面に捉《とら》えた蜂が、黄色いキノコの槍を鋭く突き出す。

他の寄生された蜂と異なりその動きは的確にして俊敏《しゅんびん》。やはり深部にいるだけあってそこらの雑兵とは違うらしい。

しかし正確無比な刺突は、だからこそ狙いが分かりやすい。突き出された槍の切っ先を盾で受け流して払い、力強く踏み込み斬撃を見舞《みま》う。

それに対し蜂は片手に持つ分厚く固いキノコの盾で剣《けん》を防ぎきる。

盾は想像以上に堅牢。ビクともしねぇ。それに空中にいるとは思えないくらい踏ん張りが利いている。羽による浮遊《ふゆう》力まで雑兵とは桁違《けたちが》いらしい。

続けて二度三度と斬《き》りつけるが、蜂の盾はまるで破れない。

「背中がガラ空きだな」

だが、側面をとった俺に釘付《くぎづ》けになっていた蜂はリリアに背中を曝《さら》け出していた。リリアがその無防備な羽をレイピアで斬って落とす。

装甲と装備を固めた上位個体とて羽の強度までは向上していないらしい。倒し方は他の蜂と同じで良さそうだ。

風に吹き飛ばされた蜂が遅れて戦線に復帰してくるが、時《とき》すでに遅《おそ》し。

蜂はお前が最後の一匹だ。

「落ちた蜂は私が始末しとく」

羽を斬り落とした蜂のトドメはカノンに任せ、リリアと二人で残る一匹を挟撃《きょうげき》する。

蜂がリリアに槍を向けたのを確信し、今度は俺が背後を取る。攻撃を外す可能性を排除《はいじょ》するため【絶】を伴《ともな》って上から斧《おの》のように叩き落とすかかと落としを見舞う。

普段《ふだん》はかかと落としなんて狙う余裕はないが、無防備に背中をさらけ出した相手に当てるくらいわけない。

重い甲冑《かっちゅう》の足甲《こう》で蜂の脳天を押し潰《つぶ》し、蜂を力ずくで大地に引きずり落とした。

地に落ちた衝撃《しょうげき》で蜂が槍と大盾を取り落とせば、正面のリリアがすかさずに蜂を貫いた。

「いっちょあがり～」

振り返れば、ちょうど落ちた二匹目の蜂をカノンが無慈悲《むじひ》に焼却《しょうきゃく》しているところだった。

これで蜂は全滅《ぜんめつ》か。

「よゆーよゆー！」

「無傷で切り抜けられたか。……カノンのお陰《かげ》だな」

「まぁな！」

誇《ほこ》らしげに胸を張るちっこい赤ずきんは可愛《かわい》らしいが、それ以上に頼もしい。

硬い装甲と強力な武装をした敵との、三体同時戦闘《せんとう》。しかも初見だ。

はっきり言って少なくない被弾を覚悟していた。それをまさか無傷で切り抜けられるなんてな。

誰がどう見ても立役者はカノンだ。開幕で一体葬《ほうむ》り去った時点でおつりがくるのに、戦闘が始まる前にスムーズな分断まで行ってくれた。

おかげで俺とリリアは危なげもなく1対2の戦闘を二回繰《く》り返しただけだ。

「アリマもずいぶんな腕利《うでき》きを見つけてきたものだ」

「だろう？　俺の目も捨てたもんじゃなさそうだ」

一息つきながら、素直《すなお》にカノンの働きを褒《ほ》め称《たた》えるリリアに首肯《しゅこう》する。ぶっちゃけここまで出来る奴《やつ》とは俺も思ってなかったんだけどな。

他の候補は時限爆弾《ばくだん》の惑星《わくせい》ガイコツと紐《ひも》を握り締めた爺《じい》さんだったか。二人にゃ悪いが、あいつら連れてこなくて良かったよ。

カノンを超《こ》える働きができたとは思えない。

風のスクロールを買うよりよっぽどいい選択肢《せんたくし》だ。

カノンは良い出会い、良い買い物だった。

第四十三章 ♦ 苗床

その後もわらわらと現れる蜂の衛兵。何度も始末しているが、連中はご丁寧《ていねい》に必ず二体以上の群れでこちらを襲ってきやがった。

「まあ、カノンが潰されなきゃどうとでもなるな」

「ほいさ」

けれどその対処はなんら問題ない。二体であればカノンが分断してくれるし、三体のときも前回同様。

今回は二体。カノンがスタンと風圧を発生させ蜂を引き離《はな》し、取り残された一匹を俺とリリアで叩く。

遅れた一匹にもう一度同じことをすれば戦闘終了《せんとうしゅうりょう》だ。

非常にラク。かなり順調だ。

あまりにも容易に撃破《げきは》できるので脅威《きょうい》をあまく見積もりそうになる。

ただし忘れてはいけないのが、後衛のカノンが完全に要となっているということ。

カノン一人に何か起きるだけで一気に戦闘難易度が跳《は》ね上がる。

分断し数の利を活《い》かして戦う。言ってることは、単純だが純粋《じゅんすい》な近接攻撃しかできない俺とリリアでこの状況を作り出すのは極めて困難。

俺たちが無傷で戦闘を済ませられることも大切だが、それ以上にカノンに危機が及《およ》ばないよう介護《かいご》することも重要だ。

それにカノンの開幕爆撃《ばくげき》はそれなりのクールタイムが必要らしいのでむやみな戦闘は行わないようにしている。

聞くところによれば、果物タイプはたくさん投げられるが条件付き、対する薬瓶タイプは強力かつシンプルだが連発は難しいそうだ。

こちらに向かわない衛兵の蜂とたびたび遭遇してきたが、それらは息を潜《ひそ》めやり過ごしてきた。

カノンの爆撃は蜂の衛兵が二体以下の場合は温存する方針。開幕爆撃で数を減らせなければ、戦闘の安定性はかなり下がる。

余裕を維持《いじ》するためにも慎重な戦闘が必要だった。

だが、その甲斐《かい》があったといえる。

俺たちは未《いま》だ大きいダメージを負わないまま、沼《ぬま》の最深部まで踏み込《こ》むことができていたからだ。

そうして衛兵蜂との戦闘を繰り返し切り抜《ぬ》けて進んだ先。

やがて深い深い濃霧《のうむ》の向こうから姿を現したのは、崩《くず》れ落ちた大神殿《だいしんでん》。

蜂の女王の話が本当なら、ここにこの湿地《しっち》の霧《きり》を生む苗床《なえどこ》がいるはず。

「ここが最深部、もう一つの神殿蜂の巣か。酷《ひど》い有り様だな……」

かつて空中にあったであろう超巨大八面体《ちょうきょだい》は、無残にも地面に横たわる姿で沼の上に墜落していた。

派手に崩落《ほうらく》した一角から内部へと足を進める。地に落ちたことであたかも沼に沈《しず》むような格好となった蜂の巣は、巨大《きょだい》なかまくらのような構造となっていた。

頭上を見上げれば神殿蜂の巣の内部がありありと見える。

精緻《せいち》に区切られた通路は無作為《むさくい》に突き出た大小さまざまなキノコがあちこち食い破っており、元の完全性は見る影もない。

子を育てるためにあったであろう部屋からは、ギチギチに詰まったキノコが出口を求めるように突き出ている。部屋の内部には無数のキノコが所狭《ところせま》しと密集していることだろう。

言わずもがな、もうここにまともな蜂は一匹たりとも残っていないだろう。

「でけー」

「無事な方の巣とは比べるべくもないな」

「無残な姿だ。私のエルフの森もここと同じ末路を辿《たど》るのだろう」

ぽけーっと口を開けてぼんやり見上げるカノンの隣で、リリアは重々しく呟《つぶや》いた。

「そうならん為にここまで来たのだろう」

「無論だ」

カノンはともかく、リリアにとってこの眼前の光景は決して他人事ではない。

節操もなくキノコに食い散らかされたこの文明の残骸は、やがてリリアの生まれ故郷にも訪《おとず》れる景色なのだ。

俺にリリアがけったいな呪《のろ》いを掛けたのだって、それを防ぐため。

リリアはきっと、初めからこの惨状《さんじょう》を明確にイメージできていたのだろう。だからこそあれほど逼迫《ひっぱく》していたのだ。

いやだからって無理やり呪いで俺を縛《しば》ったことに関しては絶対許さんからな。

いま思い返してもその場で手が出なかったのが不思議でならん。

もし記《き》憶《おく》を消してもう一度同じシチュエーションを味わったら、次は即《そく》やっちまうかもしれん。

「しかし肝心《かんじん》の苗床が見当たらんな」

「だな。女王のサイズなら隠《かく》れようもないと思ったが」

崩落した神殿《しんでん》の中央部まで足を進めてみたが、肝心の苗床の姿がどこにもない。

健全な方の神殿蜂の女王は、視界いっぱいに収めきれないほどの馬鹿でかさだった。

ここの女王はそれの姉だというのだから、それに準じるサイズのはず。

一体どこに姿を消したんだ？　女王が見つからないとここまで来た意味がないんだが
……。

「後ろだ二人とも‼」

咄嗟《とっさ》に声を上げるカノン。

即座《そくざ》に振り返る。

崩れ落ちた入り口を塞ぐように超巨大な蜂の頭部がこちらを覗《のぞ》き込んでいた。

「クソ、退路を断《た》たれた！」

アリのように巣の裏側に張り付いていたのか。

油断していたわけではないが、失敗した。神殿内部に近づく前に周囲をぐるりと洗っていれば防げたかもしれない。

いや、悔《く》やむのはあとだ。ここで仕留め切ればいい。

ていうかデカい蜂の頭部を見るの普通《ふつう》につらいんだが。蟲《むし》に特別苦手意識が無い俺でもちょっとウッてなる。

などと正面の女王蜂《じょおうばち》を観察しながらしょうもないことを考えていたとき、俺たちより視力に優れるカノンが何かに気づいた。

「何だ、ありゃ……？」

「おいカノン、何に気づいた？　俺たちにも教えてくれ」

たじろぐカノンに強く呼びかける。

死ぬほどデカい蜂。それ以上の何があるってんだ？

「アイツ、アイツ——頭だけで動いてるぞ！」

ごとり。蜂の頭が転がる。

露《あら》わになったのは首の断面。

繋《つな》がっているはずの胴《どう》はなく、そこにはまったく別の生物が癒着《ゆちゃく》していた。

巨大な眼球、人間の歯、ひらひらはためく謎《なぞ》の膜《まく》、触手《しょくしゅ》のように蠢《うごめ》く菌糸《きんし》。

それは、巨大な蜂の頭を背負う醜悪《しゅうあく》な何かであった。

「き、」

気持ち悪すぎィ————ッ！！！

第四十四章 ◆ 苗床の観察

女王蜂の頭を背負うなんかきもい生き物。十中八九こいつがこの湿地に毒霧を満たしている元凶《げんきょう》だろう。

あまりに気持ち悪い外見だが、俺たちはこいつとこれから戦わねばならない。

こんな巨大生物と戦うのは初めてだ。よくよく直視して、その武器を推《お》し量《はか》らねば。

ひときわ目立つのは、やはりその巨大な眼球。黄色く濁《にご》った不健康そうな大目玉はやはり弱点だろうか。

目からビームとか視線を合わせたら石化とか、嫌《いや》らしい副次効果がないといいが。

そして、人間のような歯を剥《む》き出しにするおぞましい大口。万が一飲《の》み込まれたら平たい前歯で食いちぎられ、臼《うす》のような奥歯《おくば》に擂《す》り潰されること請《う》け合い。

あとは口の中から何かを吐《は》いてくる可能性もあるか。あまり正面には立ちたくない。

そして嫌でも目に入る、はためく布とうじゃうじゃと波打つ無数の触手。

人間の顔に例えれば顎《あご》に位置するあたりから白いスカートのような膜をはためかせ、その裏から生えた大量の触手を忙《せわ》しなくしならせている。

スカートが蒸気機関車の前についている排障器みたいになっているな。あれが内部の触手の保護も担《にな》っているのか。

触手は足の役割を果たしているらしい。あれで重たい蜂の頭を抱《かか》えて歩いているんだな。にしてもあの足踏《あしぶ》みに巻き込まれるだけでも容易く即死《そくし》しそうなんだが。

だがそれぞれの特徴《とくちょう》は、いずれもわずかに既視感《きしかん》がある。

そう、全て沼に生息していたキノコの特徴を一部継承《けいしょう》しているのだ。

目玉キノコの眼球と足に、絶叫《ぜっきょう》キノコの口腔《こうこう》、あの布の部位は婦人キノコだろうか？

湿地キノコ総集編とでも言いたげだ。

だが、だとしてもデカすぎる。今までみたいな戦い方は果たして通用するのか？

落ち着いて考えたいところだが、相手はそんな暇《ひま》を与《あた》えてくれない。

「来るぞ、走れ！」

苗床が繰り出したのは、有無《うむ》を言わせぬ無慈悲な突進《とっしん》。ステップ程度では避《よ》けきれないので、真横に全力で猛《もう》ダッシュして回避《かいひ》。

やはり当たり前のように俺たちを襲ってくるか。流石《さすが》に一部のキノコのように非戦状態から始まったりはしないようだ。

リリアとカノンは左に、俺だけが右に。ちょうど二手に分かれるようにして突進を回避する。

苗床は俺を狙い直線的な突進を僅《わず》かにこちら側に寄せてきたものの、すんでのところで避けきった。

猛進《もうしん》する苗床は勢いのまま神殿の残骸に頭から激突《げきとつ》。パラパラと遺跡《いせき》が細かく崩れ落ちる。よもや隙かと近づくが、すぐさま苗床が背負う女王蜂の首が動き出した。

「まずい、近づくな！」

咄嗟に飛び退《の》きながら、苗床を挟《はさ》んだ向こうの二人にも声を掛《か》ける。くそ、避ける方向が一致《いっち》しなかったせいで分断されてしまった。

蜂の頭部がガチガチとギロチンのような顎を噛《か》み鳴らし、その口から何らかの液体を散布。紅色の霧として噴出《ふんしゅつ》したそれは壁《かべ》に激突して隙を晒《さら》した苗床を守るように展開。逃《に》げ遅れた俺は腕《うで》に一部を被《かぶ》ってしまった。

「酸かよ！　盾が溶《と》けちまった……！」

あからさまな隙に飛び込んだ結果、手痛い反撃をもらってしまった。

くそ、背負ってる女王蜂の頭もまだ動かせんのかよ。

溶かされたのが一点ものの腐《くさ》れ纏《まと》いではなく、逆の手に持つ盾だったのは不幸中の幸いというべきか。

腕の鎧《よろい》もやや溶かされたが、盾が文字通り盾となってくれたおかげで損傷は軽微《けいび》。毒の類なら無視して突《つ》っ切って攻撃できたのに。特に気を付けないとまずいのはリリアだな。ガスマスクが酸で破壊《はかい》されたら悲惨《ひさん》だ。平時ならカノンに霧を晴らしてもらえばいいが、ボス戦中だと余裕もない。

それにどうやら背後に回っても攻撃し放題なんてことはなかった。チクショウ、授業料に盾を一枚もっていかれたな。

エトナの握撃を免《まぬが》れ、ここまで湿地《しっち》攻略《こうりゃく》を支えてくれた盾よ、さらば。

晴れていく酸霧の中で、苗床が余裕たっぷりにこちらを振《ふ》り返る。酸の霧が己《おのれ》を守っていることは本人も承知のようだ。

黄ばんだ歯を剥き出しにして、大口を厭《いや》らしい笑《え》みに歪《ゆが》めている。こいつ無駄《むだ》にいい歯並びしやがって。目と口しかないのに表情が豊かでムカつくぜ。

睨《にら》み合ったまま後ろに下がり充分《じゅうぶん》な間合いを確保する。近い距離じゃおそらく突進を躱《かわ》しきれない。左右に若干追尾《じゃっかんついび》する姑息《こそく》さも持ち合わせているようだったしな。

口の下の布のせいで触手を斬りにもいけない。いや、逆だな。布を破って触手を斬り落とせば、こいつの機動力も落ちるはず。

順序よく部位破壊を進めていけば良いんだ。攻略《こうりゃく》の糸口がつかめてきたぞ。
さて問題は、どうやってそれをやるかなんだよな。

第四十五章 ◆ 作戦会議

苗床と睨みながら思考を巡《めぐ》らせる。俺《おれ》一人じゃ後手に回ることしかできない。

【絶】を使えば無理やり攻撃《こうげき》をあてるくらいはできるかもしれないが、そしたら次の瞬間《しゅんかん》スクラップだ。

轢《ひ》き殺されるか、触手に巻き込まれるか、口の中でたっぷり咀嚼《そしゃく》されるか。

離脱《りだつ》か防御《ぼうぎょ》のプランがなきゃ俺からは攻《せ》められない。鍵《かぎ》になるのはリリアとカノン二人だ。

奥《おく》の二人は何をしている？　苗床の巨体《きょたい》に阻《はば》まれて向こうがどうなってるかわからん。

おそらくは向こうも蜂の頭と対面していて防戦を強《し》いられているか。一度合流して意見交換《こうかん》をしたいところだが。

なら、苗床の気を引いて攻撃を誘発《ゆうはつ》させよう。

近づいて攻撃はしたくない。何か俺にも飛び道具があったらよかったのだが。

……あ、丁度左手にいいのがあるじゃん。

酸によって溶けて使い物にならなくなった小さな金属の盾。これ使ったらいいじゃないか。

どうせ盾としてはもう使いようもないし、装備するだけ無駄だ。

それにいいことも思いついた。ただ投げるだけではもったいない。

せっかくだから強力な効果も期待したいよな。

というわけでアイテム【刃薬】を取り出し、瓶の中身を溶けて変形した盾にぶっかける。

腐れ纏いが手に入ったことで近頃《ちかごろ》めっきり出番がなかったが、今こそ出番というわけだ。

【刃薬】なんて名前だが、盾に塗《まみ》れないというルールはない。

躊躇《ちゅうちょ》なくどばどばと薬液を盾にぶっかけると、盾の表面が淡《あわ》い紫《むらさき》に光り始める。

光はやがて徐々《じょじょ》に光量と濃度《のうど》を増していき、藤《ふじ》のように柔《やわ》らかかった光は、毒々しい強《きょう》烈《れつ》な紫に変わる。

「お、重っ！」

光が強まるほど盾が重くなっていく。これがこの刃薬の効果か？

かつて片手で違和《いわ》感《かん》なく構えられた小盾は、両手でぶらさげるように持つのがやっと。

マンホールでも抱えてるみたいだ。

こんなのいつまでも持ってたら機動力にかかわる。さっさと投げちまおう。

肩《かた》を使って投げるのは不可能。仕方がないので体全体を一回転させ、遠心力で無理やり放り投げる。

あからさまな挙動で飛んできた円盤《えんばん》を苗床は触手で叩き落とそうとするも、見た目以上の質量となった小盾は触手を弾《はじ》き返し白いスカートの上に着陸。

しかし飛距離《ひきょり》が不足していたか、苗床が床《ゆか》に垂らす布の上には乗ったものの、有効打とは程遠《ほどとお》い。

俺の筋力が十分あれば円盤投げのように片手で投げ飛ばし凄まじい破壊力《はかいりょく》を出せたかもしれない。

などと悔やんでいたのだが、盾の紫の光はますます強くなっていく。その重量、もはや想像もつかない。

苗床はカーテンを縫《ぬ》い留《と》めるように鎮座《ちんざ》する盾を嫌がってか、盾を睨み大きく背後に後ずさった。

その時。

ビリビリビリッ!!

引き裂かれる布の音。

超重量《ちょうじゅうりょう》と化した小盾はまったくその場を動かず、苗床が力ずくで引こうとしたため布地が裂けたのだ。

『――うおあぁあぁあぇえぇえ』

苗床、激昂《げきこう》。

絶叫キノコ譲《ゆず》りの汚《きたな》らしい怒声《どせい》を上げ、俺を激しく睨みつけた。

あの布部分は苗床にとって大切なものだったらしい。体の一部なんだから当然か。

期せずして部位破壊が一段進んでしまった。しかも相手の自滅《じめつ》のような形で。

相手の攻撃を誘発できればそれだけでよかったのに、これはかなりうれしい。

刃薬によるおみくじは大成功だ。盾に刃薬を塗《ぬ》るという自分の機転を褒めたい。

『あぁあぇえーっ！！！』

怒《いか》り狂《くる》い猛進してくる苗床。しっかり距離をとっていたので突撃《とつげき》は躱し切れた。

すぐさま反対側にいたリリア達と合流する。

「アリマ、回復くれー！」

まっさきに声を上げたのはカノン。片腕《かたうで》を庇《かば》うようにして、すぐに近くにやってきた。

カノンたちも反対側で蜂《はち》の頭部と戦闘していたのだろう、見れば彼女《かのじょ》の衣服は肩から斜《なな》めに溶け落ちており、精巧《せいこう》な機械人形の体は肩から腕にかけて痛々しく溶解《ようかい》していた。

内部の機械構造が剥き出しになっている。細かい部品群が空回りして機能不全を起こす様子は、なんだか見てはいけないものを見てしまった気分になる。

「使え！」

「せんきゅ！」

躊躇《ためら》わずに俺が所有している灰色の専用回復薬を渡《わた》してやれば、カノンはすぐに瓶の栓《せん》を抜いて中身を破損した体に注いだ。

掛けられた鉛色《なまりいろ》のスライムのような液体は粘度《ねんど》をもって滴《したた》り、カノンの患部《かんぶ》に貼《は》り付くと元の機械の体を瞬《また》く間に再現してみせた。

すごい薬品だ、そりゃ高額なわけだわ。

にしても忘我《ぼうが》サロンのルールが憎《にく》たらしいな、最初からカノンに回復薬を持たせられたらいいのに。

一方のリリアも無傷とは言い難《がた》く、纏っている外套《がいとう》のあちこちが食い破られたように千切れている。

幸い、本人が重いダメージを負った様子はなさそうだ。

「アリマは無事か。苗床の様子が急変したぞ、何をした？」

「スカート引《ひ》き裂いた！」

「でかした！」

話が通じるのが早い。

リリアも苗床を倒《たお》すための手段を考え、俺と同じ結論に至ったのだろう。

スカートを破いて女性に褒められるなど、非常に貴重な経験だ。

それに相手が醜《みにく》い怪物《かいぶつ》なのでまったく良心も痛まない。

やつは今も神殿の壁に激突して再び絶叫している。どうせ後を追っても酸を噴射《ふんしゃ》してくるだろう。追撃《ついげき》をする意味はない。

今のうちに作戦会議だ。

「次はあいつの触手をなんとかしたい。なにかアイディアあるか？」

「私の投げものをあいつの口に放《ほう》り込んでみるか？　動きくらいは止められそうだけど」

「確かにいけそうだな」

「でも普通に投げたらきっとはたき落とされちゃうぜ」

もじゃもじゃとした細く大量の触手は、布状の部位が破れたことでかえって可動域が広がっているように見えた。

飛び道具による攻撃は先ほどまでより難しくなっているかもしれない。

だがあの大口とその内部は弱点の説が濃厚《のうこう》。なんとか口に向かって痛撃《つうげき》を叩《たた》き込みたいところだ。

自分が中に入って……というのは王道の戦法だが、あまり試《ため》したくない。これをやるのは後がなくなったときの最終手段くらいでいい。

「あとは、その……かなり気は進まないんだけど、一応奥の手《て》があって……」

「カノン。その口ぶりでは事情があるようだが、そうも言ってられん状況《じょうきょう》だぞ」

リリアが厳し気な面持《おもも》ちでカノンに言う。森の行く末を決定づける重要な場面だ。彼女も譲歩《じょうほ》はできないだろう。

「だよな～……。ハァ。いいよ。……私には、二人にまだ教えてない大技《おおわざ》がある」

「当たれば倒せそうな威力《いりょく》なのか？」

「保証できる。直撃すればまず間違《まちが》いない」

嫌々《いやいや》ながらも告白したカノンは、どうもその必殺《ひっさつ》技のようなものを快くは思っていないようだ。

けれど、その決定力を疑っている様子もない。

突然《とつぜん》降ってわいた手段だが、カノンはこの局面で虚言《きょげん》を弄《ろう》すような人格破綻《はたん》者ではない。

それはこれまでの付き合いでわかっているつもりだ。

彼女に懸《か》けてみるのも、いいだろう。

見ればリリアも、俺と同じ気持ちのようだ。

「助力は惜《お》しまん。私たちはどうすればいい？」

「一人では使えないんだ、協力者が必要になる。それに準備に時間も掛かる」

「アリマ、囮《おとり》は私が受け持つ。身軽に動ける方が、奴相手には都合がいいだろう」

「協力者には身体的な負担もあるから、私もその方が良いと思う」

「体が頑丈《がんじょう》じゃないと何か不都合があるのか？　とりあえずわかった、準備には俺が協力する」

第四十六章◆初めての着用

作戦会議を迅速に終えた俺たちは、すぐさま苗床に対する警戒《けいかい》を強めた。

激昂した突進攻撃《とっしんこうげき》から姿勢を立て直した苗床は、昂《たかぶ》った精神も落ち着いたらしく再びその口元に歪《いびつ》な笑みを浮《う》かべている。

ニタニタと嘲《あざけ》るような薄笑《うすわら》いからは露骨《ろこつ》な悪意を感じる。この湿地に毒性の霧を振りまく苗床が、どうやら悪性のもので間違いないということを確信させてくれる表情だ。

自然と存在するだけで周囲に害を及ぼしてしまうなんて行儀《ぎょうぎ》の良いものではないだろう。

酷薄《こくはく》な笑みの向こう側にあるのは、純粋な悪意のみだ。

故郷がその悪意の危険に晒されようとしているリリアは、目の前に佇《たたず》む諸悪の根源を疎《うと》ましげに睨みつけていた。

「まったくおぞましい。こんな輩《やから》はただちに葬り去るに限るな」

「決意表明は結構だが、しくじったら無事じゃ済まないのは囮役のお前だ。抜かるなよ」

「ふん、誰《だれ》にものを言っているのだ」

「お前に言ってるから心配してるんだが？」

なに冷静な顔で怪訝《けげん》そうに首を傾《かし》げてんだ。

まるで自分が抜け目《め》のないクレバーな戦士かのような発言をしているが、俺はお前が初対面でド派手にすっころんだ時からクールとは無縁《むえん》だと思っているからな。

今回の作戦でもっとも危険に晒されるのはリリアだ。致命傷《ちめいしょう》を負わせる気はないが、しっかりしてもらわないと困るぞ。


「二人とも、なんかしてくるぞ！」

カノンの呼び掛けを受けてリリアとのしょうもない会話を切り上げ、苗床の挙動に注視する。

もっとも注意する攻撃はやはり突進。なにせ明らかな即死《そくし》攻撃だ。撥《は》ねられたら問答無用でスクラップになる。

が、気になるのは苗床がまだ突進以外の強力な攻撃をしてきていないことだな。

蜂の頭側になるとカノンの負傷から酸の噴射や他に攻撃があるようだが、苗床側が突撃しかできないとは考えにくい。

触手の動きを止め、ぎょろぎょろと目玉を動かす苗床。こ、これは明らかに予備動作！

「避けろ！」

どうせ目からビームだろという信頼《しんらい》のもとその場から飛び退く。二人もそれに応え咄嗟に回避行動をとってくれた。

苗床《なえどこ》は俺の熱い期待に応えるように大きく目を見開き、その瞳孔《どうこう》から白い光が迸《ほとばし》る。

光線は目で追える程度に遅く、先ほどまで俺たちが居た場所をザラザラとした粒《つぶ》を伴う線が貫《つらぬ》いた。

細かい粒子《りゅうし》たちは着弾《ちゃくだん》点でぼふんと音を立て、不穏《ふおん》な白煙《はくえん》を巻き起こした。

「うわ見ろ！　キノコ生えたぞ!?」

「……おいおい、直撃《ちょくげき》してたらどうなってたんだよ」

ビームが照射された場所には毒々しいキノコが密集するように群生していた。

不気味な白い粒子光線。その正体は、キノコが生えるビームだったらしい。胞子《ほうし》をビームで撒《ま》く菌類《きんるい》があるか。

キノコが生えるだけなら食《く》らっても大したことはない。そんな認識《にんしき》は即座に改めた。

足元に広がる固い遺跡の瓦礫《がれき》を、キノコの頭が容易《たやす》くぶち抜いて生えてきたからだ。

あのビーム、直撃したら体の内側からキノコに食い破られて死ぬだろ。

……おっかねえ。まともに食らいたくはない。

仲間が根拠《こんきょ》も確証もない俺のビーム予知に従ってくれて良かった。

息をつく暇もなく、再び苗床が眼球をぐるりと回し始める。

「次発が来るぞ、間合いを詰《つ》めないと埒《らち》があかん！」

リリアが気付きナイフを投げたが、触手の一本が反応し払《はら》い落とす。予備動作を飛び道具で止めることはできないか。

突進も恐《おそ》ろしいが、キノコビームはもっと恐ろしい。遠距離攻撃《えんきょりこうげき》を一方的にされる状況も面白《おもしろ》くない。

リリア達《たち》の決めた作戦も、近づかないことには始まらないので苗床目掛《めが》けて全員で駆《か》け出す。

こんなに走り回る戦闘はこれが初めてだな。まあ、あのビームの弾速なら見てから容易に避けられるか。

なんていう俺の甘《あま》っちょろい考えは、即座に改めさせられた。

白い光を湛《たた》える苗床の淀《よど》んだ瞳《ひとみ》。それの視線の先は、明後日の方向を向いていた。

予想される事象はただ一つ。

——薙《な》ぎ払いビーム。

「目ぇ瞑《つぶ》ってくれ！」

カノンが苗床に何かを投げるのが見えて咄嗟に顔の前を腕で庇う。直後走る強烈な閃光《せんこう》。閃光弾による目くらましだ。よくぞこのタイミングまでとっておいてくれた……と思ったが、顔を上げると苗床に効いた様子がない。

一体なぜ？　疑問はすぐに解消された。

やつの目元に大量の濃霧が集中している。デカい攻撃をするための溜《た》めだ。この湿地の霧が奴の前に集まっており閃光の効力が弱まったのだろう。

だとすれば、威力は先ほどのビームを超える。確実に避けなくては。

ジャンプ。いや高さが足りない。

ガード。いや盾《たて》はさっき投げたんだった。

どうする。いっそ穴でも掘《ほ》って地中に避けるか？　ランディープのドリルがあったら一考の価値もあったかもしれない。

懐《ふところ》に潜《もぐ》り込むには遠すぎる。どうすればいい。

必死に頭を巡らせる。

しかし考えれば考えるほど避けようがない。

俺が犠牲《ぎせい》になってリリアとカノンを逃がすか？　いや、絶対にダメだ。

呪いの効果で鎧がぐしゃぐしゃになった瀕死《ひんし》状態のまま俺がリリアの所から復活するこ

となる。

そんな状況で苗床を倒せるとは思えない。万が一倒せたとて、この沼地《ぬまち》の最深部から脱《だっ》出《しゅつ》できない。

脱出できるまで試行を繰《く》り返すうち、リリアが死ぬ。

このビームは絶対に避けないとまずい。

だが、手詰《てづ》まり。

そんなとき。聞き覚えのある音が、背後から聞こえてきた。

ヴヴヴヴヴ。

人によっては嫌悪《けんお》感を覚えるけたたましい虫の羽音。

よもやと思い振り向けば、入り口の方から颯爽《さっそう》と駆けつける蜂の大群。

そしてもちろん、蜂たちの中に胞子袋《ほうしぶくろ》に寄生された個体はいない。

思い出すのは、大神殿に横たわる女王蜂の言葉。

かの蜂は、確かに俺たちにささやかなれど協力と共闘《きょうとう》を約束してくれた。

俺たちが上空の蜂神殿《はちしんでん》を訪れた時のように、蜂たちに持ち上げてもらえれば薙ぎ払うビームを躱しきることができる！

と、いうところでカノンに近寄る蜂の数が妙《みょう》に多い事に気づく。

……。

あ、やべぇカノンだけ約束の雫《しずく》のアミュレット持ってねえじゃん！

これカノンが苗床《なえどこ》もろとも敵として認識されてるよな⁉

それは流石にマズイという焦燥《しょうそう》感のもと、大慌《おおあわ》てでカノンに走り寄って後ろから両腕で抱《だ》き捕まえる。

「えっ急になになになに」

「すまん時間がねぇから抵抗《ていこう》しないでくれ！」

「えっ？　えっ？　えっ？」

支援《しえん》にやってきた蜂が追い付くよりも早く俺《おれ》の鎧をカノンに着せる！

ここは一旦《いったん》俺とカノンで一つとカウントしてもらうことで切り抜けよう！

「ちょちょちょ痛い痛い痛い‼」

「すまん許せ俺もこういうの初めてなんだ！」

大忙《おおいそが》しで俺の装備をバラし、カノンと重なった状態で無理やりカノンに鎧を着せていく。

自分以外に鎧なんて着させたことがないし、ましてこの余裕《よゆう》の無い状況。

正面の妖《あや》しい光を瞳に湛える苗床に、背後のカノンに襲《おそ》い掛かろうとする、本来の味方のはずの神殿蜂《しんでんばち》の羽音。

視覚と聴覚《ちょうかく》の二つが更《さら》に俺の焦燥感を煽《あお》る。

が、ここにきて初めは嫌がっていたカノンの抵抗が徐々に緩《ゆる》やかになっていったので、これ幸いと作業を進めさせてもらう。

よしよし、カノンの体がちっこくて助かった。初めてでもサイズ差のお陰《かげ》でゴリ押《お》しで鎧を着させることができるぞ。

「だとしてももっと優《やさ》しくやってよ、ばかぁ……」

「いよぉーし間に合ったぁ！」

かなりシビアなタイミングだったが、なんとかすんでのところで蜂の到着《とうちゃく》に間に合った。

その場しのぎのガバガバな目論《もくろ》みだったが蜂たちからはＯＫをいただけたらしく、俺はカノンもろとも空に体を持ち上げてもらえた。

横目に確認《かくにん》すれば、俺たちと同様に蜂に持ち上げられたリリアが白い目で俺を見ていた。

いや言わんとすることはわかる。だが他に方法がなかったんだ。カノンだってきっとわかってくれるさ。

「……あとで怒《おこ》るからな」

「……おう」

体内から響《ひび》く拗《す》ねたカノンの言葉に、俺は静かに頷《うなず》くことしかできなかった。

第四十七章 ♦ 作戦決行

応援《おうえん》に駆け付けた神殿蜂の力でしっかり余裕を持った高さまで浮き上がると、極太《ごくぶと》のキノコビームが地上をしつこく薙ぎ払い始める。

そして苗床はビームを薙ぎ払うと折り返し、再び薙ぎ払う。そしてまた折り返して薙ぎ払い、そしてまた折り返し……。

オイ。ビームを薙ぎ払うんなら普通一回きりだろふざけんな。そんな往復ビンタみたいにビームを薙ぎ払うやつがあるか。

どんだけ殺意込《こ》めてんだ。いや、カノンの閃光が実は効いていたのか？

それでがむしゃらにビームを薙ぎ払っていたのかもしれん。

まあ真相はどれでもいい。

蜂の運搬《うんぱん》によって十分な距離《きょり》まで近づけたので大地に降ろしてもらう。

この間合いなら突進もよけやすいしビームが放たれるより先に懐に潜れる。

さあ、今こそ会議した作戦を始動するとき！

「ところで私はいつ出してくれるんだ?」

「あっ」

やべ。カノンに必殺技の準備をしてもらわないといけないのに。

カノンを取り出すにしても苗床とこんなに近くては暇もない。まずったな、なんとかすることに夢中で後先を考えていなかった。

「すまん、しばらくこのままで……」

「えー!」

体内からくぐもった抗議《こうぎ》の声を上げるカノン。いや本当に申し訳ないと思っている。

でも時間がないんだ、どうか勘弁《かんべん》してくれ。ちょっと確認する余裕がないが、俺の種族名がオートマタキャリアに変わってたりするのか?

いやいや、種族名ってそんな節操なく変わるようなものでもなかろう。怖《こわ》いから確認はしないけどね。

しかしどうしよう、これじゃ戦力がひとり減ったも同然じゃないか。これは考えものだぞ。

いや、一応ターゲットにされる可能性が俺とリリアで半々になったから、リリアが囮をしやすくなったとも言える。

いやそれじゃあダメなんだよな。なんとかしてヤツの関心をリリアに買ってもらわないといけない。

しかしさっきの薙ぎ払いビームで陣形《じんけい》が崩《くず》れて、どっちかどう狙《ねら》われるかコントロールのしようがない。

リリアが無理に近寄っても一瞬《いっしゅん》でやられてしまうだけだ。

理想はあの苗床がリリアを執拗《しつよう》に狙う状況を作って、彼女が回避に徹《てっ》するだけで済むようにすること。

「参ったな……。いや、なんとかなる……か？」

「なんかいい方法でもあるのか？」

「ああ。手ごろな爆発物《ばくはつぶつ》を……そうだな、肩のあたりにしこたま詰めてくれ。片側だけでいいから」

「おいおい、正気か？　外から軽い衝撃《しょうげき》が加わるだけでも起爆《きばく》するんだぞ」

「それで都合が良いんだよ。安心しろ、自爆《じばく》するつもりじゃないから」

「共倒《ともだお》れとか勘弁だぞ」

釈然《しゃくぜん》としない様子のカノンは、それでも俺の言うとおりに腕に火薬を詰めてくれた。

背に腹は代えられまい。よし。

火薬の詰まった片腕の感覚を確かめる。

実行すれば俺の体力の最大値が減少するが、致《いた》し方《かた》あるまい。

手首と拳《こぶし》の留め金を軽く緩めて、よし。

「ロケットパンチ！」

自分の肘《ひじ》を思い切り殴《なぐ》りつけ、火花を生じさせる。

すると腕甲《わんこう》の内部に詰められた火薬が炸裂《さくれつ》し、拳のパーツだけが爆風《ばくふう》によってポーンと前方に高速で射出される。

「アリマお前それでいいのか!?」

体内からカノンのくぐもらなくなった驚愕《きょうがく》の声が聞こえるが、全て承知の上。

これで俺は隻腕《せきわん》の状態での戦闘《せんとう》を余儀《よぎ》なくされるが、状況の打開の為《ため》なら安いものだ。

爆炎を噴《ふ》き上げながら飛来する鋼鉄の拳を苗床は触手《しょくしゅ》で払いのけようとしたが、やはり奴《やつ》にとっても予想外だったのだろう。

防御が間に合わず、鎧の拳はその威力をそのままに苗床へと直撃した。

衝撃から大きくよろめいているが、それだけだ。致命的《ちめいてき》なダメージは与えられてない。

けれどそれでいい。本懐《ほんかい》は俺じゃない。

「感謝するぞ！」

リリアの方を見ればしっかりと位置に着いている。このチャンスを活《い》かし、苗床へと肉薄《にくはく》していた。

「せいっ！」

レイピアによる、弱点の大目玉への突き。

寸前で触手に逸《そ》らされて命中とはいかなかったが、レイピアは苗床本体へと深く突き刺《さ》さった。

リリアは素早《すばや》くレイピアを引き抜《ぬ》き距離を取った。苗床は気味の悪い怒号《どごう》のようなものを上げ、怒りに体を震《ふる》わせている。

うまくいった。明らかに苗床の意識はリリア一人に集中している。

今のうちに俺たちの役目を果たそう。

「さっさと準備を済ませるぞ！」

まずは中に入っているカノンを鎧から出す。手際良《よ》く進めないとリリアが心配だ。

「手伝いが必要とは言ったが、何をすればいい？」

「あー……。まあ、なんだ。見てればわかるよ」

カノンはふっと諦《あきら》めるような自虐的《じぎゃくてき》な声で呟《つぶや》いたあと、身に纏っていた赤ずきんを脱《ぬ》ぎ去った。

「お前、なにを……？」

「見ればわかるって言ってるだろ？」

カノンは赤ずきんのみならず、衣服の大部分を捨て去ってしまった。

彼女のオートマトンという種族を表すように、彼女の肌《はだ》は白い陶磁器《とうじき》のような作りものでできていた。その半分は、侵食《しんしょく》するように組み込《こ》まれた真鍮《しんちゅう》製の金属パーツと、ダイヤルや歯車、指針盤《ばん》等の数々のスチームパンクな意匠《いしょう》に覆《おお》われている。

「【モード：CANNON《キャノン》】」

白磁と真鍮が混ざった機械の体は、彼女の号令によってブシューッと蒸気を噴き上げたあと、けたたましい駆動音《くどうおん》を伴《ともな》って著《いちじる》しい変貌《へんぼう》を遂《と》げ始める。

「おい、マジかよ」

号令をきっかけに、カノンの体のあちこちが開閉し、折り畳《たた》まれ始める。

それと入れ替《か》わるように内蔵されていた物々しい歯車やシリンダーなどの機械部品が表へと露出《ろしゅつ》していく。

目まぐるしく駆動《くどう》する部品の数々。気のせいでなければ、それはカノンの元の体躯《たいく》に収まる容量を超《こ》えているように見える。

がちゃがちゃと部品の表裏を入れ替えるような複雑な変形を終えたあと、そこにはもう、小柄《こがら》な少女の姿は無かった。

「これは確かに奥の手だな……」

現れたのは、両腕《りょううで》に抱《かか》えるほどに巨大《きょだい》なキャノン砲《ほう》。

「見た目が可愛《かわい》くない。だから嫌《きら》いなんだ、この姿」

カノンの声。それは確かにこの大砲《たいほう》から聞こえてくる。

彼女の言う通り、この大砲の見た目はお世辞にも整っているとは言い難い。

内部機関と思わしき機構のほとんどが剥《む》き出しで、束ねた縄跳《なわと》びみたいな太いチューブが橙色《だいだいいろ》に赤熱したパーツが丸見えだし、用途《ようと》不明なお弁当箱とか顕微鏡《けんびきょう》みたいな部品がたくさんくっついている。

確かに効率的で整然としたデザインとはいい難い。カノンが気に喰《く》わないのも頷ける。

「どちらかと言うとかっこいい、だな」

「感想は求めてない！」

思わずこぼれた感想は、お気《き》に召《め》さなかったらしい。

乱雑に危《あや》うげなパーツが密集した姿は男臭《おとこくさ》くてかなり好みだが、まあそんなの聞かされても本人は嬉《うれ》しくないか。

「それで協力者がいるっていうのは、そういうことだったか」

「照準も射撃《しゃげき》も一人じゃできない上に、まともなヤツじゃあ射撃の反動を受け止められない。狙いが逸れるどころか、体の中身がバラバラになる」

「まあ事情は分かった。リリアが心配だ、一刻も早く……重ッ」

「重いとか言うな！」

片腕でキャノン砲を持ち上げようとしたが、想定より重量がすごい。

金属部品の塊《かたまり》だし当然か。カノン一人分の質量が不思議と詰まっているのだから。

重さによたよたと体勢を崩しながらも、銃身《じゅうしん》前方にある二脚《にきゃく》を使ってなんとか正面に砲《ほう》口《こう》を構えることができた。

リリアの奮闘《ふんとう》の甲斐《かい》あって、苗床がこちらに気づいた様子はない。遠慮《えんりょ》なく撃《う》たせてもらおう。

「チャージは済ませてある。あとは引き金を引くだけ」

更に俺がもたついている間に準備を済ませてくれていたらしい。キャノン砲の各部からは、紫電《しでん》がスパークしている。

「おう。的があんなにでかけりゃあ、外す気もしない」

「私もアリマも溶《と》ける前に、さっさと撃って！」

言われて気づいた。チャージによる放熱の凄《すさ》まじさからか、強烈な熱波がキャノン砲から発せられている。引き金を握《にぎ》る俺の腕《うで》が赤熱し始めている。

「発射！」

急《せ》かされるまま、慌《あわ》てて引き金を引く。

轟音《ごうおん》と共に放たれた一筋の閃光は見事に苗床の背部へと直撃、大爆発《だいばくはつ》を引き起こした。

『あああああーッ‼』

少し遅《おく》れて、爆風と噴煙《ふんえん》の中で苗床が苦悶《くもん》の絶叫《ぜっきょう》を上げる。

やがて噴煙が晴れた時、黒い消し炭と化した苗床が、沈黙《ちんもく》して横たわっていた。

巨大な黒炭は風にさらわれるように塵《ちり》になっていき、最後には女王蜂《じょおうばち》の頭だけを残して消滅《しょうめつ》してしまった。

それに合わせ、神殿《しんでん》のあちこちから突《つ》き出ていたキノコが水分を失ったかのように萎《しぼ》んでいく。

苗床は撃破《げきは》した。完膚《かんぷ》なきまでに、といっていいだろう。

「見事な一撃《いちげき》だった。痛快だったぞ」

向こうから小さな笑《え》みを湛えて、リリアが合流してくる。盛大《せいだい》に爆発《ばくはつ》した苗床の最期《さいご》は、彼女にとっても胸のすくような思いだったようだ。

「さて、これで湿地《しっち》の霧《きり》が晴れるはずだが……」

目的を達し、リリアが感慨深《かんがいぶか》く呟く。霧の根絶は彼女の悲願。

元凶《げんきょう》を倒したことでこの湿地から霧が晴れると思ったんだが。

――その時、神殿全域が強く揺《ゆ》れた。気づいたリリアが声を上げる。

「待て、上だ！」

続いて響き渡る轟音。神殿の上部が崩れ落ち、何かが降ってくる。

瓦礫と共に落下してきたもの。その正体は、女王蜂の首から下。その巨体《きょたい》。

体のあちこちにフジツボのような噴出孔《ふんしゅつこう》が発生しており、霧を強烈に噴出《ふんしゅつ》していた。

だがその巨体は落下の勢いによって地表に力強く叩きつけられ、バラバラに砕《くだ》け散る。

「脱出するぞ！　このままじゃ生き埋《う》めになる！」

「また走るのー⁉」

激しく崩落《ほうらく》する神殿蜂の巣。爆発の衝撃で、巣の上部にあった女王蜂が落下してきた。

さらにはその影響《えいきょう》か、巣全体が崩落し始めている。

何はともあれとっととずらからないと死んでしまう。全員で一斉《いっせい》に出口目掛《めが》けて走り出す。

帰るまでが冒険《ぼうけん》だ。ここで死ぬわけにいかない。だがここで、再び聞き覚えのあるけたたましい羽音が近づいてきた。

「いや待て、蜂たちが手伝ってくれそうだ！」

戦闘中は上空で待機していた神殿蜂たちが、俺《おれ》たちを運ぼうとこちらに寄ってくる。

そしてカノンの方に近寄る蜂の数がやたら多い。そっか、そうだよな。

再び俺は前を走るカノンを後ろから抱き捕まえる。

「なんだ⁉　もしかしてもう一回か⁉」

「すまん、文句は蜂たちに頼《たの》む！」

もう一回カノンに俺の鎧《よろい》を着させることとなった。

第四十八章 ◆ 撃破報告

「ふう、ここまでくれば安心か」

「ようやく一息つけるな」

「はよ私を鎧から出してくれ」

苗床を撃破、蜂たちの協力によって崩落する神殿から颯爽と脱出した俺たち。

苗床が溶けだすと同時に、神殿に巣食っていた大量のキノコは、その悉《ことごと》くが水に乾《かわ》いたように干《ひ》からび萎《しお》れていった。

あの大量のキノコは、墜落《ついらく》して不安定な状態だった神殿を支えてもいたのだろう。

神殿の内部からはついぞ見つからず、最後に上から降ってきた女王蜂の体はきっと神殿の外、その上部にあったのだろう。

胞子に侵《おか》された彼女の体は、そこで湿地全域に毒の霧を振《ふ》りまいていたのだな。

俺たちの不意を打つ形で出現した苗床も、そういえば神殿の外からだったたし。

「おお！　見ろ、湿地の景色が！」

鎧装備を解き、外に出たカノンが開口一番に触《ふ》れたのは様変わりした湿地の光景についてだった。

無残に崩落した神殿から目を離《はな》し、背後の風景に俺も視線を移す。

そこに広がっていたのは一片《いっぺん》の霧もない晴れた湿地の姿。

「こりゃ見違《みちが》えたな」

あの煩《わずら》わしい黄土色の霧は、もう湿地にはない。

遠くを見通せるというのがとても新鮮《しんせん》な気分だ。カノンの風圧弾では周囲の霧を飛ばすだけで、遠くには霧が健在のままだったからな。

そして変わったのは、足元もそう。

泥《どろ》のようにぬかるんでいた沼《ぬま》の水は透《す》き通るサラサラとした水質になっていた。足に纏《まと》わりつくようなどろどろとした感覚はもうない。

「これで、やっと、か」

毒霧に覆われた泥の沼は、根源を断《た》つことで水に浸《ひた》る神秘的な平原に姿を変えていた。

その景色を万感《ばんかん》の思いで眺《なが》め、小さく息をつくリリア。

リリアはずっとこの霧に故郷が侵されるのではと焦燥していた。彼女《かのじょ》もようやくその責任感から解放され、肩《かた》の荷が下りたことだろう。

「まだ気を抜くなよ。帰るまでが本番だ」

「そう、だな。ああ、心得ておこう」

そう言いながら、俺もまた気を引き締《し》める。

装備的にも精神的にも疲弊《ひへい》した状態だが、まだ冒険は終わっていない。

このまま犠牲を出さずに、安全な拠点《きょてん》まで帰れて初めて終わりを迎《むか》えることができるのだ。

442：道半ばの名無し
俺以外に同じ場所の【望遠】ツモったやついないのか？
俺の引いたやつ画角おわってんだが

443：道半ばの名無し
映っただけ設けもんだろ

444：道半ばの名無し
同じプレイヤーの別のボス戦が撮影できた時点で奇跡でしかない

445：道半ばの名無し
【望遠】スキルが必ずプレイヤーを映すせいで大鐘楼ばっか映す根本的問題の解決ができねえ

446：道半ばの名無し
とりあえず今ボス戦してるプレイヤー見れる可能性があるから、ここにいる奴らが総力で【望遠】スキル使いまくって第二カメラ設置するぞ

447：道半ばの名無し
この神ゲーわざわざ自分で遊ばないで【望遠】使って覗き見繰り返すような陰険、100人もいないけどな

448：道半ばの名無し
四の五の言ってないでお前も【望遠】回せ

449：道半ばの名無し
普段と違って大当たりの確率UP中みたいなもんなんだから、今

450：道半ばの名無し
試行回数がものを言うんだ

451：道半ばの名無し
しかしこの短期間であのリビングアーマーがまたボス戦とはね

452：道半ばの名無し
穴場とか固有クエストみたいなん引いたんだろ

453：道半ばの名無し
攻略最前線って感じじゃなかったしな、前回も

454：道半ばの名無し
リビングアーマーって他に使ってるやつ見ねえもんな

455：道半ばの名無し
それはマジでいない

456：道半ばの名無し
一生【望遠】でプレイヤー見てる俺らが見つけてないんだから、本当にリビングアーマーは少ないね

457：道半ばの名無し
こんにちは
さっき【望遠】スキル取得したばっかなんだけど、これ今どういう状況？

458：道半ばの名無し
いいところにきたな
まずはスキル【望遠】を連打しろ

459：道半ばの名無し
え？

460：道半ばの名無し
いまボス戦してるプレイヤーがいんだよ

461：道半ばの名無し
一人ツモったやつがいるんだが、このスキル画角ずらせない欠陥スキルだからもう一人ツモらせたいわけ

462：道半ばの名無し
いいから【望遠】連打な
リビングアーマーが映ったら大当たり

463：道半ばの名無し
いいから連打していてくれ

464：道半ばの名無し
その間にスキル【望遠】のテンプレコピペしてくるわ

465：道半ばの名無し
あった、これだ
・プレイヤーを映せるランダムな場所に視界を飛ばす
・画角は動かせない
・現場には望遠鏡が出現し、これが破壊されるとスキルは強制終了する
・視界に映ったプレイヤーが画角から外れた場合スキルは強制終了する

466：道半ばの名無し
うーん、いつみても不便な性質

467：道半ばの名無し
まあ明らかに意図して不便にしてんだろうな

468：道半ばの名無し
このスキルが完全自在だったら強すぎるし悪用も絶対される

469：道半ばの名無し
あ、リビングアーマー映りました

470：道半ばの名無し
はい神

471：道半ばの名無し
ビギナーズラックきた

472：道半ばの名無し
僕のプレイヤーIDは9792です
これで共有できてますか？

473：道半ばの名無し
どれどれ

474：道半ばの名無し
おっ

475：道半ばの名無し
素晴らしい！

476：道半ばの名無し
これはいい角度

477：道半ばの名無し
これだけ余裕持って離れてたら、画角から逸れて強制終了もなさそうだな

478：道半ばの名無し
で、これ一体どういう状況だ？

479：道半ばの名無し
さっきまでいた赤ずきんの忘我キャラがいなくなってるな

480：道半ばの名無し
ほんとだ

481：道半ばの名無し
ロストしたか？

482：道半ばの名無し
いや待て、様子がおかしい

483：道半ばの名無し
なんだあの武器

484：道半ばの名無し
あんなはっちゃけたバズーカ砲みたいなのあったか？

485：道半ばの名無し
この場にって意味じゃなくて、このゲームにってことだよな？
俺は見たこと無いが……

486：道半ばの名無し
ゲームん中の世界観の武器っぽくないよな

487：道半ばの名無し
まあプレイヤーが作るんなら……
というか、『そういうプレイヤーキャラ』を作ればゲーム内に持ち込めるが……

488：道半ばの名無し
え？　そういうこと？

489：道半ばの名無し
はい、判明しました。
あのバズーカ砲、上に忘我キャラの名前書いてあります

490：道半ばの名無し
ヤバすぎて絶句した

491：道半ばの名無し
これはこのキャラを作ったヤツが変態だな

492：道半ばの名無し
え、バズーカ砲に変身できるってこと？

493：道半ばの名無し
てかそんな手の込んだキャラを作ったのに捨てたヤツの気

が知れねえ

494：道半ばの名無し
凄まじいな、これ

495：道半ばの名無し
忘我キャラの仕様しらんけど、ゲーム側のスタッフが惜しんで忘我キャラにしたんじゃないのって疑うレベルで凝ったキャラだよな、これ

496：道半ばの名無し
『バズーカ砲の姿のキャラ』じゃなくて『バズーカ砲に変身できるキャラ』として作ってんだもんな
1日2日のキャラクリで作れる仕様じゃないぞこれ

497：道半ばの名無し
すっげー職人技を見た気分だわ
もうこのボス戦が薄味に終わっても余裕でお釣りがくるレベル

498：道半ばの名無し
リビングアーマーが構えてるな

499：道半ばの名無し
やっぱりちゃんと撃てるっぽいな
ハリボテで見た目が変わるだけとかじゃないらしい

500：道半ばの名無し
撃った

501：道半ばの名無し
うお

502：道半ばの名無し
すーげ

503：道半ばの名無し
なんちゅう威力じゃ

504：道半ばの名無し
それをするキャラとして作ってんだもんな

505：道半ばの名無し
そら威力も保証されてますわな

506：道半ばの名無し
ソロじゃ無力だもんなあ、この構造じゃ

507：道半ばの名無し
普通なら一点突破の、悪く言えばただの一発芸キャラだよな

508：道半ばの名無し
その評価で正しい

キャラ作者が職人技で人間形態を実装しているって点を無視すればな

509：道半ばの名無し
やっぱそうだよな？
この威力だすんなら元が大砲のキャラだよな？

510：道半ばの名無し
とんだ変態もいたもんだ

511：道半ばの名無し
このキャラ捨てて忘我キャラとして動いてんのが一番びっくりだよ

512：道半ばの名無し
どういう神経してんだろうね、作った人

第五十章◆人影

沼地《ぬまち》の深奥《しんおう》にて、苗床《なえどこ》が息絶えるのとほぼ同時。湿原《しつげん》の某所《ぼうしょ》にて、二つの人影《ひとかげ》が立ち話に興じていた。

「おお、この感じ。思ったより早かったねぇ」

「妥当《だとう》だろう」

「ほんとかい？　君は随分《ずいぶん》高く買っているんだね。意外だよ」

「そうでもない。私も見込《みこ》み違いでなくて、安心している」

苗床の撃破によって、湿原に深く立ち込めていた濃霧《のうむ》が、嘘《うそ》のように晴れていく。

視界を遮《さえぎ》る霧がなくなったとき、そこに佇《たたず》んでいた片割れは、大きな帽子《ぼうし》の女、レシーであった。

「機会があれば直接お目にかかりたいな。縁《えん》があるといいけど」

「自分から探す気もない癖《くせ》に、よくもまぁ抜け抜けと」

「釣りと同じさ。巡《めぐ》りあわせを信じるよ」

レシーと親し気に話すもう一人は、のんきな佇まいで池に釣り糸《いと》を垂らしていた。

「やりすぎるなよ」

「ちょっと。君じゃないんだから、まさか斬《き》り結《むす》ぶつもりなんてないよ」

白髪《はくはつ》に着流しを纏った和装の女性。

彼女は、この世界にしては平凡《へいぼん》に見える容姿をしていた。

「でもさ。もし会えたら、せっかくだから取引をしてみようかな」

——されど。

彼女の顔は、黒く塗《ぬ》り潰《つぶ》されたような黒い大穴が空いていた。

「もし釣れたら面白《おもしろ》いことになる」

あとがき

本書を手に取って頂いてありがとうございます、作者のへか帝です。

おかげさまで、本作は二巻目を出版することが出来ました。それもウェブ版を愛顧してくださった皆さんや、一巻を手に取ってくれた皆さんのおかげで、感謝の言葉しかありません。

二巻では、一巻のときからより個性的なキャラクターが登場します。

代表的なのはエルフのリリアと、オートマタのカノンでしょう。どちらも存在感の際立つ言動、キャラクター性で話の進行をより際立たせてくれたと思っています。

リリアは我の強いわがままな性格で主人公のアリマを振り回しつつ、真面目でありながら抜けたところの多い愛嬌を魅力にしてあげたいなと思いながら描写しました。

うまくバランスが取れて、苦笑いしつつも見守れる塩梅になっていれば幸いです。もしもリアルでは絶対関わりたくないという感想を抱いたならば、私の思惑通りですね。是非そのまま、他人事感覚でアリマくんの受難を傍観してあげてください。

そしてもう一人、カノンについて。ウェブ版で連載していた当時からやたらとコアな人気を博していた彼女ですが、カノンはリリアと対になる要素を盛り込んでみました。

つまり、奇抜な外見と恭順するような大人しい性格ですね。言動こそ跳ねっかえりの強いカノンですが、実際に奇想天外なアクションを起こして読者をドン引きさせることはほとんどなかったと思います。

そんなカノンですが、他の濃厚なキャラに隠れてすっかり影が薄くなってしまうことを心配していました。スチームパンク赤ずきんというインパクトある容姿にしたのはそういう意図があったのですが、イラストレーターの夕子さんがこのあたりを非常にうまく纏めてくださって、文字だけだった頃よりも爆発的にカノンの魅力が増してしまいました。

本当にありがたい限りです。キャラなんてなんぼ可愛くてもいいですからね。

それでは改めまして、読者のあなたを含め、本作に関わってくれた全ての方に感謝を。

また会えることを祈っております。

HJ NOVELS
HJN75-02

**クソザコ種族・呪われし鎧（リビングアーマー）で
理不尽クソゲーを超絶攻略してみた 2**

2024年1月19日　初版発行

著者——へか帝

発行者—松下大介
発行所—株式会社ホビージャパン
〒151-0053
東京都渋谷区代々木2-15-8
電話　03(5304)7604（編集）
03(5304)9112（営業）

印刷所——大日本印刷株式会社

装丁——内藤信吾（BELL'S GRAPHICS）／株式会社エストール

Printed in Japan

ISBN978-4-7986-3371-8　C0076